全民阅读精品文库

西子谦

著

别问是缘是劫

中国言实出版社

图书在版编目（CIP）数据

别问，是缘是劫 / 西子谦著 . -- 北京：中国言实出版社，
2018.6

（当代实力派作家美文精选集 / 凌翔，汪金友主编）
ISBN 978-7-5171-2809-0

Ⅰ.①别… Ⅱ.①西… Ⅲ.①散文集－中国－当代
Ⅳ.① I267

中国版本图书馆 CIP 数据核字（2018）第 127800 号

责任编辑：葛瑞娟
出版统筹：李满意
插图提供：荷衣蕙
排版设计：叶淑杰
　　　　　　严令升
封面设计：戴　敏

出版发行　中国言实出版社
　　　　　地　　址：北京市朝阳区北苑路 180 号加利大厦 5 号楼 105 室
　　　　　邮　　编：100101
　　　　　编辑部：北京市海淀区北太平庄路甲 1 号
　　　　　邮　　编：100088
　　　　　电　　话：64924853（总编室）　64924716（发行部）
　　　　　网　　址：www.zgyscbs.cn
　　　　　E-mail：zgyscbs@263.net
经　　销　新华书店
印　　刷　三河市金元印装有限公司
版　　次　2018 年 6 月第 1 版　　2018 年 6 月第 1 次印刷
规　　格　710 毫米 ×1000 毫米　1/16　13 印张
字　　数　180 千字
定　　价　49.80 元　　ISBN 978-7-5171-2809-0

散文的气质

红孩

　　每一个人都不是孤立存在的，他需要社会的滋养。社会就是人群之间的往来，既然人与人之间有往来，就必然会有人与人之间的评价。评价一个人，标准很多，可以用小家碧玉，也可以用大家闺秀，最简单的方法就是用好人和坏人区分。这在二十世纪六七十年代的电影中处处可以看到。而事实上，这世界的芸芸众生，哪里有那么多的好人和坏人，好人和坏人是相对的，就大多数人而言，基本属于不好不坏的人。

　　生活中，我们对一个人的外表评价，通常爱用"气质"这个词。譬如，形容某个女人漂亮，常用气质高雅；形容某个男人有修养，喜欢用气质儒雅。由此可见，气质这个词是人们所需要的，也是男女可以通用的。查现代汉语词典，对气质的解释有两种：一是指人的相当稳定的个性特点，如活泼、直率、沉静、浮躁等，是高级神经活动在人的行动上的表现；二是人的风格和气度，如革命者的气质。很显然，我们一般选择的是后者，前者过于确定，不过后者也让人感觉到是属于不好定义的那种。

同样，我们看一篇文学作品，往往也会从作家的文字中读出其人与文的气质。这就是所谓的文如其人。以我的见识，人和文在很多的时候并不一致。一个文弱的书生，他的气节和人格可能是刚硬的。鲁迅个头不足一米六，可谁能说鲁迅不高大呢？不管怎样，我们看一个人的作品总会很自然地和这个人的人品联系在一起。所以，我们在研究一个人的作品时，往往会从作家的社会性和作品的艺术性两个方面来考证。近些年，社会价值取向多元化，人们对过去的人和事也变得宽容起来，像过去被封杀被长期边缘的作家作品逐渐走向人们的视野，这些作品甚至如日中天地成了一段时间的文学主流。文学的艺术性与社会性，是不可割裂的，过于强调哪一方面都会失之偏颇。

　　散文也是如此。我们说一篇散文的优劣得失，其评价体系也很难绕开艺术性和社会性。当然，如果是风景描写的那种游记作品，就另当别论了。即使是风景描写，也不完全超脱于当时的社会背景，如《白杨礼赞》《茶花赋》《荷塘月色》《樱花赞》等。假设我提出鲁迅、冰心、朱自清、杨朔等作家的作品具有散文的优秀气质，不知会不会有人站出来反对？我想肯定会有的。据我所知，有相当多的一些作者，始终坚持散文的艺术性，而不愿提作品的社会性，似乎一提到社会性就是和政治挂钩。

远离政治，已经成为某些作家的信条。前几年，周作人、林语堂等二十世纪二三十年代的作家突然走红，就是被这类人追捧的结果。以我个人而言，我对散文创作的路数是提倡百花齐放的，风花雪月与金戈铁马都可以成为作家笔下的文字。我们不能说写花鸟鱼虫、衣食住行就题材窄、格局小，就缺少散文的气质。有的作家倒是常把江河万里挂在嘴边，可其文章味同嚼蜡，一点散文的味道都没有，更谈不上散文的气质。

我理解的散文的气质，首先是文字的朴素、洁净，如果一篇散文连这一点都做不到，就很难有别的作为了。这就如同我们看到一个衣衫不整的人，他怎么可能有好的气质呢？然后，作品的内容要更多地承载读者所要获取的知识、信息、情感、思想的含量。第三，在写作技巧上，要发掘出生活的亮色，特别是能在所见的人与物中悟出人生的道理和对世界的看法，且能熟练地运用修辞手法和文章的结构方法。第四，文章的意境要高拔出常人的想象与思维，具有超越时代的精神高度。第五，要做到内容和形式的统一，其内外气场要打通，要浑然一体，有霸王神弓那种气派。有了这些，还不够，一篇好的散文必须与社会相结合，要得到广大读者的认同与共鸣。这个社会的认同，光是一时的认同还不行，它还必须是超越时代的，像我们读《岳阳楼记》那样，要能产生"先天下之忧而忧，后天下之乐而乐"那样的人生思想境界，这才算真正地具有了散文的气质。

　　散文的气质是不可确定的，不同的作家创作了不同的作品，其气质也是不尽相同的。气质是最让人捉摸不定的东西，它像风又像雨，很难用数字去量化。大凡这种捉摸不定的东西，恰恰是审美不可回避的问题。艺术的美是感悟出来的，即我们常说的艺术就是感觉。在这里，我们也可以把散文的气质说成散文的气象，气象可以是眼前的，也可以是未来的。我喜欢"气象万千"这个成语，它如果作用于散文，那就是散文是可以多样的。一篇优秀的散文一定有着不同寻常的气质，拥有了这个气质，你就能鹤立鸡群，就能羊群里出骆驼。

（作者系中国散文学会常务副会长）

目　录

第一辑：一缕浮烟是相思

漫步郊外，看见的只是花草；漫步心间，品味的却是生命的真谛。在阅人与阅己间，选择那份独白，何尝又不是一次心的旅行呢？

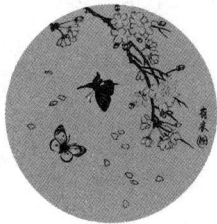

第二辑：三千风月伴孤独

风花雪月固然美丽，倘没有欣赏的眼光，看见的，不过是尘世间浮云而已。

生活中不是缺少美丽，而是缺少发现美的眼睛。

第三辑：心若游龙风自来

识人就像照镜子，你是什么样，镜子里便是什么样。

在大非的世俗面前，纸醉金迷是幻想，沉淀方是人生的根本。

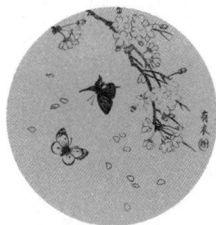

第四辑：心如流水花自开

佛以一音演说法，众生随类，各得其解。每个人看见的、听到的也许是相同的，但在自己的脑海中、心灵间，却是一万幅作品。

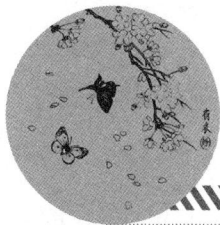

第一辑：一缕浮烟是相思

漫步郊外，看见的只是花草；
漫步心间，品味的却是生命的真谛。
在阅人与阅己间，选择那份独白，
何尝又不是一次心的旅行呢？

无须悦人，更须悦己

悦己。初写这两个字，无端地欢喜。悦己，简单到可以自我赏心地激扬，恰似面对一湖澄清的宁静，徐流着一道轻松的行走，如此安然，不必为谁的颜色去委屈了自己。

人生最轻松之处，是不必讨好取悦谁，而是拔升着悠然的神态，去享受其中的生活。若是矮化了自我的人格，便是在他人的世界里忍气吞声。这就是一种姿态，芸芸众生中最具有尊严的姿态。

这样的人，应该是善于独行独往，却也不失于疏离群体。不表态，却也不张扬，不屈尊，亦不会过于傲世。他的活法，简单来说，处于纷繁的世界里，穿行于各色人等，尤其得从容，说到底就是优雅至极，游刃有余。

人，若生怕些什么，就更在意着什么；人与人的往来，越是刻意讨人欢喜，越在他人的颜色下诚惶诚恐。这时，更多的就是累人的揣摩，人家一个神色，足以让你百般费神。某些用意，与其说讨好，不如说是屈尊降贵，溜须拍马保全自己。于是，仰人鼻息，跪行于人。

自然界里，芸芸众生，各有各的生存方式，每一种生命展现出独特与风采。它们，于山间野外、海底峰顶、雪中霜里千姿百态，独领风骚。尘世间，怒放的生命，唯美自己的活法，却不用献媚于谁，风雨袭来，傲凌挺立着骨魂。即便一株平凡不过的小草，也不得不让我油然尊崇，尊崇它们坚韧的骨节。生命的过程，与人类雷同，生命太短暂，却能如此精彩这一生。

　　众多生命的勃发，来得优雅，定然能独居一地，不屈降于强，苟延残喘。有些人，忍辱负重也从不把节骨践踏。这是因为，血液流淌着骨气，命里镌刻着坚强，胸间迸发着激情。

　　我独爱竹子的立世。这句"未出土时先有节，便凌云去也无心"，足以警醒后人节气的价值所在。也难怪先贤圣人们对竹子百般地赞叹。清·郑板桥诗语：咬定青山不放松，立根原在破岩中；亦有魏源诗云：凌霜竹箭傲雪梅，直与天地争春回。

　　人生看似纷繁复杂，沙泥俱下。本质上，还是你一个人的世界。无论，你凭恃些什么，仗势着什么，最终在他人处得到的倚仗也会削弱自己的志气，在唯唯诺诺的言行里，败给别人，也败了自己。

　　悦己，将灵动着整个灵魂，流转着心胸的浩然正气，丰盈着人生的寂寥，似是一朵荷花，悄然伫立于水中央，枝柯之间架接起底气。于心于魂，袒露着最真实的一面，烘托出最能赏心的姿态。

　　最好的姿态，是不需要去借助附和得来琼浆玉液，不需要靠低声下气换来强大。通过悦人得来的认可，同样在悦人的刻意里消失殆尽。

　　无端端去讨好了谁，损毁着自己；刻意去取悦了谁，彷徨着自己。无论用意如何，始终离不开在他人的颜面下，扫了一地的憋屈。说到底，还是因为自己瞧不起自己。于是，在委屈里，欲罢不能又不愿承认自我的菲薄，在患得患失间迷失了真正强者的生活。

　　嚣闹的红尘，不屑于过往云烟，不慕尊贵权势，过着闲云野鹤一般的山间生活，也不需要在他人的眼皮底下以卑贱的心态来富足自己的生活，更不需要倚仗他人的光鲜来填补自己的苍凉。

活法，若建立在他人神色当中，将会吞噬自己风发的志强，奴化着矮小着自己的尊荣。

悦己的人，遗世独立，却不孤芳自赏。烟波浩渺，雪月风花，不失本色。它是一种原则，一种个性，一种能耐，也是一种自信。它闪烁着人性的阳刚与魄力，标注着性格上的韧劲与独立。

有人问，究竟生活中最大的乐趣在哪里？我这里想说的是，无论何时何地到何人，不必奴化矮小了人格的身段高度。即便是两情相悦的世界里，最能保鲜的方式，也唯有相互敬重。

悦己，于孤僻中一样产生火花一般的绚彩。因为，不必仰望，自然万物都得以平视相对。

悦己，即是悦宁心身。避开喧嚣，无须造作，悠然自得。一颗平静的心，端正了姿态，这就是对自己最好的犒赏。

心若素简，方归自然

素履之往，其心朗朗，乾坤无极。

看惯了尘世红紫，看懂了尘嚣狂乱，看透了功利倾轧，不慕艳丽，不沾尘灰，不求物喜。把心，放逐到田野花香处，宁静则致远。

素简的人，不被枝枝叶叶所阻挠，不为悲悲凄凄所侵吞。

回归，真我。心，就素简。

素简的心。

卧在大自然里，恰似一脉好山河，山峦迤逦，峰回路转，左拥右抱，风不散水不失。就在杯中，无论怎么流转都承载着大好山河的灵气，环绕于心从不缺失，常往如此。

那是什么？

是风生水起，是风水，是宝地。

守得住素简的心，就拥有自己的风水宝地。

走到云深处，淡看舒展。

心无痕，风亦无痕；人无迹，不为谁牵扯。

茶罢，起身离去。只留下那一道让人欣赏不已的风景。

素简的心，就是仙风道骨，清心寡欲。不是不食人间烟火，是行在人间烟火里不贪念，是走在错综复杂的道路上不迷失。

素简的人啊，简单到极致，起身就是大美。不需要表面的粉妆玉砌，那是，心间已潜藏着烂然的琼楼玉宇呀！

素简，悄然中就引人入胜。

素简的人，隔着悠悠的时空，一瞧去都是那么的耐看。那人，从头到脚都是那么的舒雅。

这就是气场。不需要声张作势的磅礴场面；素简，可以抵得过万千声色的攒动。

看似平淡无奇，而却蕴含了至圣的高雅，它是已归隐了静雅。

没有酒一样疯狂、豪爽、勇猛，没有花一样清香四溢、妖娆，更没有咖啡一样有小资情调、浪漫、优雅。

素简，却蕴藏着丝丝缕缕，点点滴滴远离红尘俗事的隐逸。它的静雅，其实就是骨子里有一股隽永的淡然。

岁月的沉积，悠悠而居之避喧嚣，简约的生活而又意象丰富；又由于心平而气静，寡淡立命，心间疏朗，意象之间洋溢着从容淡定之风。

所有的生活都是清与静、淡与雅、朴与真，这些品质植入骨髓又能融于现实生活，使得整个人生的高度涵深而品位高。

远古时期，淡与雅的韵味深长，早已给圣智者悟得入木三分，与心魂相吸。

平淡如水，不尚虚华，因此居之闲淡雅适，因为如此一来才生有清气，也因为清气而有静气、雅气、神气和逸气。

这种简雅，唯有在寡淡之中才显现得出它的高贵，也只垂青于真正在素简与淡然中行走的人。

心若素简，清风徐来，方归自然。

心若素简，天地俱净，日月增辉。

洗尽铅华，依然惊美，唯独素简。

来日，并非方长

　　人生在世，匆匆过客，不过如此。

　　走过一座座亭台与阁楼，经过三千里烟云与星月。一别去，不再有，不再来。

　　逝水流年，岁月无情。当把路走到尽头，蓦然回首，一切已远去，来日不方长，梦已成空，也唯争朝夕厮守终生。

　　多少流烟，经不起风行。一散去，悄然无声，不着痕迹。你来或走，这个世界对你的去留，不起一丝丝波痕。

　　谁也改变不了世界，撼动不了自然的定律。

　　你，只是有幸拥有过生命的一个人而已。本来就是尘世间一粒尘埃，轻轻落地又随风而去。

　　直至后来，关于你的一切没有人问起过往亦不问你的归宿，关于你的一切不知所踪也无人追踪。

　　这一来一去，匆匆又匆匆过着自己的生活，匆匆又匆匆走你该走的路。当走到最后，想想当初，想想青春，也只能追忆往昔。

或悲或喜，或残或圆，或得或失，都是生命中的注定，是后会无期，是从此别离。回头放望，青苔冷露，东篱霜冻，人已不是那个曾经的人，物已不是当初的物。

走在那沧桑的岁月里看那斑驳的城墙，像是风雨走来留下的一道道印记，诉说多少的无奈与离愁？

逝者如斯夫，不舍昼夜。眼所及处，心所触发，都变了模样，不成那年那月的模样，都在老去。然就，也在随着变迁的时光，变锈的物件，也变旧了人。

偷走了时光，也输光老去。只是，轻狂不再，不敢任性挥霍生命，有限的既往舍不得也以分秒的割爱付出，生命的享有需要付出享用的代价，直至把青春用尽，彻底的精光。

来日并不方长，后会只能无期。

生命的意义，仅仅在过程的精彩。

生命的价值，仅仅是活着的精致。

无欲无求的心，盛享着生命的清欢，不以己悲，不以物喜，就是需要与世深守，在白昼与黑夜里品味点点滴滴。

追求无我，实际上就是追求真我。

简单的生活，并非简单。人生的学问太多，智者不是什么都能看透，更多的是只懂一句简单的话，然后去用简单的心去践行，看似平凡，人却悄然已在高处。

来日并不方长，只待人来登高。身在平凡，心在望远。

宋·王安石有诗云："飞来山上千寻塔，闻说鸡鸣见日升。不畏浮云遮望眼，自缘身在最高层。"

前两句写飞来峰塔的形象，后两句写登飞来峰塔的感想。飞来峰和它上面的宝塔总共多高？

不知道。

诗人只告诉我们，单是塔身就是八千多尺——这当然是夸张的说法。诗人还讲了一个传说：站在塔上，鸡鸣五更天就可以看见海上日出。请想想飞来峰那耸云天的气势吧！宝塔虽高，却不是高不可上。

转眼间，诗人已登上塔顶，世界万物，尽收眼底，那游荡的云片再也挡不住视线了！"不畏浮云遮望眼，自缘身在最高层。"乍听起来，是在谈论观赏风光的体会。

可一寻味，便会从中领悟到一条人生哲理：在社会生活和思想修养方面，不也是站得高才能看得远吗？

对诗人，这是雄心勃勃的自勉；对读者，这是引人向上的启示。

人类社会这座高峰上又有多少"遮望眼"的"浮云"啊！

不光是一切陈规陋习，就连那些闲言碎语都可能成为遮挡我们视线、妨碍我们认清方向的"浮云"。

自然界的浮云有消散之时，可人类社会这座高峰上的阴霾却不会轻易地被驱净。

来日不方长，不畏浮云遮住远望的视线，那就是因为心站在高处。

行在人世间，需要有远大抱负，且不与世俗同流合污的高洁情操。

前行阻险，仍扬鞭策马，不坠青云之志，会当凌绝顶，一览众山小。

人生太匆匆，来日并不方长。时不待我只争朝夕，不抱憾终生只有——生命不息，奋斗不止；生命若在，珍惜当下。

来日，虽不方长。如若：

不欠今生，不枉来世，怎能不丰盈？

不愧于人，不负于心，则天地印和。

唯此，活着的意义才深远，生命的味道才盛放出醇厚的幽香来……

觉　醒

生命的一切力量里，潜藏着一种巨大的能量，往往被人忽略，那就是——觉醒。

生命的力量，源于两类：自然与创造。概括来说，分为内与外两种形式。一种是本身的拥有，而另一种是外的创造。

前者是依靠自然馈赠的力量来生存，与生俱来，生绝俱灭；后者是依靠创造的力量来行走，这些大多都是用堆积物来填充。

这或者是本质上的东西，还没得以唤醒，一直处于沉睡的状态。

哲学家周国平先生说，人生有三个基本的觉醒：生命觉醒，自我觉醒，灵魂觉醒。

首先，你是一个生命，你因此才会在这个世界上生活，才会有你的种种人生经历。

第二，你不但是一个生命，而且是一个独特的生命个体，并且能明确地意识到这一点，也就是说，你是一个自我。

第三，和宇宙万物不同，人是精神性的存在，你还是一个灵魂。

外在的力量，诸如权力、财富、名气、地位，也许可以让你活得风光。内在的力量，才教人流连在生命的意义里饱满丰盈。但，必须把内外区分清楚，否则就是本末倒置。

最先，是生命的觉醒。

我们，终归是一个生命。却很快被忘掉。

通常忽略内在的恢宏力量，更多去追求外在那些形式上的满足。既然在社会上生活，有些外在的追求就不可避免，也无可非议。

只是，需要懂得透过这些追求去发现自然的生命，牢记你就是一个生命，经常去聆听它的声音，去满足它的需求，这是本质上的需要。

自然的生活，和谐相处，健康安全，也包括爱情、亲情等自然情感的满足。

这些需要，平凡而永恒。

之后，是自我的觉醒。

你是不可复制、独一无二的，你得对生命负责，去实现你的生命价值，真正成为你自己。

这也是你最基本的责任，谁也无法来代替你去履行。

你是自己的主人。就必须有你自己独有的信念，做人有原则，生活有热力，不在俗世中随波逐流。

你只有一次人生，不应有虚度与颓废。如果不珍惜，谁替你活？

最后，就是灵魂的觉醒。

灵魂的觉醒，有两个途径：一是信仰，二是智慧。

灵魂的觉醒，由原先对外追求转向向内追求，重视精神生活，这是境界不同。

生活的重心转向追求生命的境界。无论福祸，得失，贫富，把这一人生过程视为灵魂的一种修炼。

通过做事来做人，每一步都在通往精神目标的道路上。

还有，你得具有超脱豁达的心态，灵魂与外在的种种遭遇保持距离，精神不受俗世间外在的牵扯，不受大起大落的情绪的支配。

唯有如此，才不会沉湎在肉体之上，也不会沦陷在生活的痛苦里悲凄。

这是一种从肉体转向精神与灵魂的超越，是人生的立足点。

是什么支撑起这个美轮美奂的生命呢？正是——信仰与智慧。唯独它才使得人有性命也有使命地生活。

生命觉醒，得以单纯快乐；自我觉醒，得以实现你之为你的价值；灵魂觉醒，得到信仰、智慧，得以归真。

人生苦短，何不觉醒？

与茶栖

静谧的夜，唯独与茶相栖见魂见心。

生命的对话，通常需要懂得的人。茶，在几番舒展间，人，在几经拿放间，就是一次又一次淋漓尽致的对话。

如果，对话相对不入心，很遗憾的是生命未足够觉醒。不觉醒的生命，别去指望另外的生命能懂你。

曾经，我太过于迷醉通宵达旦与茶深守。大抵，就是把生命寄托于茶，赋予通透。不仅仅是如此，我更认为，茶的韵美与清净，对我是另一番洗礼。

悄与茶栖，才不至于亵渎生命的魂魄。这时，天地间氤氲着茶的气，拂拭一切尘嚣。幽香浮动，教人敛声屏气，细嗅那一股流转不息的韵味。

那是，遇见生命的另一个自己，还有入定的心，圆寂的魂。

用简单的方式相对，在拿起放下间不简单地对酌对话。也只有与茶，能足够纯粹地相守相知。

纯粹的开始，是秉承自然而为，是建立在不为中自然而成。没有物欲的诱惑与喧嚣的尘浪，精神与茶性本质的内在共鸣是人与茶结缘的因缘。因而，形成了生命里的对应。

生命的对应，总有非同寻常的相对呼应。一杯茶，让生命从此更加清冽通透。怎么不让人如斯地与之相栖。

心身的得到，从来不拘形迹。茶，不需要标榜，即在唇齿之间丝丝入扣。恰如，丝丝入扣的另一个人，惺惺相惜，悄无声息就撼动灵魂的深处。

这白昼与黑夜，有茶在，就见生命的本质。茶，能让人归真，使人神魂也颠倒，分不清是茶是人，看不懂是人是茶，融会贯通中交集着共予心魂牵绕。

静对一盏茶，如果是不屑的心，本身就极度可憎，也只能说生命未足够觉醒。因此，人不自知，自当寥落，怎不哀转久绝，异常凄凉。

不自知，谁与相栖居？

更别说与茶栖，她是高于一切语言的表达方式，无声胜有声，既是一种无形的语言，也只能用心神来意会，以体觉来领悟。

"惟兹初成，沫沉华浮，焕如积雪，晔若春敷"，嫩芽冲泡，另物沉而精华升，其形灿若冬雪，其色如春野烂漫，多么美好的诗句，这也是魏晋名士杜育在《茗赋》中将茶赋予了灵动的生命，视为了绝美的艺术享受，道出了万千品茶人的心声。

这夜，我又与高马二溪黑茶相栖。知心的她，一如既往平平仄仄迭香，散放万千入心的话，通常让人回味无穷。

任何生活的不惑，皆在这盏杯里豁然释怀。每每相对，我必然庄重相待。其实，就是为了遇见自己，来一番彻彻底底的亲见生命。

曾几何时，我竟喜欢这一味？

仅仅是一味，平复先前品尽万千盏茶敛裾而去，这一味与众不同，她留下优雅的韵美，我却停下四方寻觅的脚步，从此往后与这一味来隽永。

与茶，诗意相栖居。

不舍得太匆匆，劈柴生火坭陶煮茶，在细细长长里神往神交，放入唇舌尖上润绕，把伫立在荒山野集于天地的琼浆玉液抵达到肺腑之处长存。

千百年来，多少茶人历尽艰辛与阻挠，醉生梦死只为求这一叶，就为这一味。那不是茶，而是自己生命的味道啊。

最好的味，饱蕴着沧桑的情怀，经得起岁月的敲打。有故事的人，最拨人心弦的往往是在曲折里辗转千百回，最后在苦苦寻觅中相遇，演绎了一场刻骨铭心的千古绝唱，听罢催人泪下。

这一味，能与之相栖居，直至天荒地老时。恰同，高马二溪茶魂在荒野里与山谷对话，爱意浓然，天地长存。

我，愿意是这一座山谷，与茶栖居在天地之间彼此深守。

圆通禅舍主人邱老说，如若人茶合一，心就归真。即可与禅印和，洗心见性，意蕴绵长……

之所以喜茶，就是喜它自带的那份浑然天成的灵性，它揽灵秀山水日月之精魂，其中尽藏世事红尘百味，让人透见本质亲见自己，在不惊不扰间就已垢净明存。

与茶，相栖居。看尽浮华万千，品味人生百态，饮入一世清欢。

见，不欠

　　有人的地方就有江湖。在江湖上行走，就会有情仇恩怨，难免纷争。

　　计较，就是因为太明白。太明白，当然就会一丝一厘都放不过。

　　放不过，就深执。

　　然后，生活的点点滴滴，纷争不息。不是得失结情仇，就是名利焚心劫。

　　相见，相欠。在一次又一次的计量里失衡沦陷。

　　相欠，心难安。若不欠，又没有得到，亦难平心。

　　得不到，心难安。得到，也恐失去，亦难安。

　　欠与不欠，都是人生一大堆债。得与不得，都是人生一大劫。

　　欠一份情，欠一债务，欠一段恩。欠，就是难全了的心。

　　因相欠成残破不堪的心，不是不敢飞檐走壁越山过海，怕的是来不及行走，负罪的心已近荒尽。

　　心，总会有谴责。可怕的，不是脚镣有多么的沉重，而是还不了的债，让人心里释不下的枷锁，愈来愈重。

情难了，爱难了，恩重难了。欠，始终是难了。

了不了的情，了不了的爱，了不了的恩。都是伤了人的债。

有些欠，一辈子难还了。能了的欠，都不是债。

了不了，算不清，都是难以用数据来计量。

不见，就不欠。

只是，江湖的路，总是那么拥挤，擦肩而过的人，不成相欠，不必计过。恐怕，一个转身，不经意间的相见就成一辈子的相欠。

人海茫茫中，注定相见，就有相欠。

说什么——斩断尘世烦恼三千青丝，扼断红尘情仇万恶曼舞。如若真能做到，也只除非不相欠。

那也只有真正的隐者能做到：不见就不欠。

纵观人世间有多少人，大隐隐于市，小隐隐于野。表面上远离了尘世的喧嚣，独辟一处静地或隐姓埋名或修心闭关。实际上，身能隐退，心却难以隐逸。

即便身能隐退，当真就能做成隐者了吗？

这个人世间，恐怕也只有毫无思想不存情感的固物能做到这样吧？

人，若行走，就难成为真正的隐者。

总会见，也会欠。关键在于，心上所欠有多重？

倘若不能还，就不仅仅是纯粹的欠。而是心的负疚，心的负罪。

假如，不再追求隐居于山林河泊之中，而因现实生活的需要居于繁华的大都市；就不再把自己独立于社会之外，而是随意为之，自然而为。也只是，能隐性难隐心，也不算真隐者。

或许，也仅是一种生活的方式罢了。

只要不是追求名利、地位的行为，性情不再那么躁狂而已了。

如若，真正能够做到玉隐无尘，就是真正的隐者了吗？

玉无完玉，瑕不掩瑜。唯不见光，也才能真隐。人生在世，谁愿苟同？

相见，相欠。

国人讲究"四维八德"。

其中"礼、义、廉、耻"组成"四维"；而"八德"系"忠、孝、仁、爱、信、义、和、平"，因其有八字，故称作"八德"。

简单来说，因为尚未做到，所以都是内欠。也因内欠，成为外欠。

人行于世，当如：不求外物，反求诸己。只是更多时候，却反求外物，不求诸己。最可怕的是相反过来仍浑然不觉，不知所以然。

因此，所有的欠，都是做得不够好。

不必自诩多么好，那是自欺。不必张榜多高尚，其实总隐藏着亏欠。

无愧于欠，欠就干净明了。这样的欠不会有太多说不清道不明的累赘。

人生，总有亏欠，躲不过的债，所以，才注定了用一生来修行啊。

不欠太多的人更注重于把人生的债，理得明白，看得透彻。

恐慌着还不起，变成一生的恨自己。

不见，不欠。

这里说的见，有着两重意思，一种是人与人的注定相见。而另一种则是心与身的相应，达到一致平衡相见。

前者，因有相见有相欠，于外。

后者，因相见心安不欠，于内。

我想说的是，尽管人生相欠，内心深处不亏欠。所有的欠，若都能遵循着"仁、义"的核心价值观，多大的欠都不泛滥于情理之外，就不会因欠成灾，就不会因欠而良心也泯灭。

江湖有腥风血雨争斗，必然存在刀光剑影厮杀。

共走的人，不需要太多。入心的人，有些相欠，也是相互帮扶的共予。

不谈相欠，因为命中注定一辈子用心地相还。

刀枪不入的心，也正因为双方能相互给予永不掉卸的盔甲作为护盾。

多少相欠，成为一辈子的转身离去。

多少相欠，成为一生中的偿还责任。

还有，多相见，把心身共融，一生隽逸。

读懂"欠"字，就"不欠"。

最快意的人生就是：若是相欠，尽心相还。

见，不成欠。欠，不成仇。

恩情有欠。难还得了，用心去抚平，用爱修存。

心身平衡，不欠。若欠就难还，不必为自己遗留最大的债。

供奉上丰盈的心，滋养好自己的世界，就不会是心债丛杂，当然就不会荒蛮贫瘠。

行走江湖，只谈酒肉，势必有买不了的单，赊欠不了的债。

不谈酒肉，谈一席慰以尘风的心话，不再有杯盘狼藉后的醉话。那样，就是一直共欠，相约漫步人生路。

见，不欠，只有彼此间崇高的往来。也唯有这样，都是江湖的隐者，最是可遇不可求。

纵有相欠，也安然自愿。

见，不欠。

可以放过天地，是一种胆识。

可以放过自己与别人，是一种豁达。

相见种种，不去计量太多仇怨情深。若，心身相见，世界就平衡，生活不颠倒了人的重心。

际遇后去留送往，不亏欠不负心于谁人，那怎么会有焦躁不安的自谴呢？

见，不欠，自相安；见，不欠，一身轻。

不见，不欠，就不用苟且偷生。

不见，不欠，就不必仰仗谁人。

不见，不欠，就不会缩居在谁的世界里委曲求全，诚惶诚恐还以一生的负过。

你，是不可复制

在这个世界上，你是一个独一无二不可复制的人。

你的一切与众不同。你承天地之精华，食五谷之菁华，周而复始成为你美轮美奂的躯体。

上帝赋予你思想的力量，让你用智慧去撬开地球，开辟一条非同寻常的路。

你与众不同，因为你独特所以自成你的风景。你不需要去仰望别人的风景，你本身就是一道曲径通幽的风景。

你别具一格，因为你别致所以自塑你的风格。你不需要去模仿别人的生活，你完全可以最真实自在地生活。

你不可复制，因为你精深所以自有你的博大。你不需要去偷窥别人的造就，你只管练就一身刚劲谨密的本质。

芸芸众生，浮华在世。你，自有你的尺度。行到何处，你都能分辨一切是非黑白；走到哪里，你都可以洞察一切人情世故。

这个世界，需要你慎独，这个人生，需要你谨行，这个生活，需要你妥当。你，其实都已经具备这些品质，但是需要你发扬，你才更光大。

你来到这个世上，注定会有一条不寻常的路。这条路不寻常之处，在于荆棘丛生，坎坷不平。你的骨子里，镌刻有两行勉联："有志者，事竟成，破釜沉舟，百二秦关终属楚；苦心人，天不负，卧薪尝胆，三千越甲可吞吴。"

生活，概括起来很简单也不易，仅仅八个字——痛而不言，笑而不语。

这条路的艰辛酸楚，平常人不可企及。你，绝对不是平常人。所以，困难就是你的诗行，疾苦就是你的歌声，这一生都会是带着激越携着澎湃的前行。成与败都悲壮，得与失都风发，富与贫都恢宏。

别人有哭泣，你应该高歌猛进，唯有把眼泪敛收。别人有胆怯，你应该所向披靡，唯有把勇气当灯。别人有懦弱，你应该伸张正义，唯有把节气高亮。因为，你不可复制，别人没有，只因你有。

你若是随波逐流，就不是伟岸的你了。你顶天立地，气宇轩昂，你鹤立鸡群，非同一般。你若败了，你就沦陷成一辈子的人微言轻，抬不起头，站不直腰，原因是你亵渎生命也唾弃了天赐英才。你的世界，从此很冷。

你若是女人态，不让须眉是你本质。你若是男儿身，自强不息是你本能。你，不可复制，弥足珍贵。

男人，这人世间没有一个人与你有相同的思想与性情。你的慷慨激昂，气盖山河，万里难以挑一。

女人，这人世间没有一个人与你有同等的气质与雅韵。你的风情似火，气吐如兰，蕴含着惟妙惟肖。

除非不是你，那么你就走平常路吧。欢笑喜悦，当然也会有，只是不够明显，所以被埋没在平常的日子里，最好别怨天怨地，最好别仰慕他人。因为，你真正的人生已本末倒置，自己败给了自己。

你真的不可复制，你若自甘堕落，别人将取代你。你必须知道"沉舟侧畔千帆过，病树前头万木春"。你不进，则退。当你回头，原来你只是生活的跟随。

生活很现实，不是你仰望别人，就是别人仰望你。这是一场生死博弈的赛跑，你赢，就有冠华，你输，就是淘汰。

你，不可复制。但不能轻狂傲气。否则，别人赢不了你，却让轻狂傲气击败了你。

你，不可复制。但不能懒惰安逸。不然，别人越不了你，却让懒惰安逸吞噬了你。

今天，你成为别人不可复制的人，就成就了不一般的你。你需要知道，每一步路都是成长的延伸，雕塑自己，用疼痛来成就一个别人复制不了的你。

现在的你，以后的你，都是一枝独秀。

一缕孤烟，那是浮思

只是浮思，不必夸张成深刻。

浮思是一种莫名的煎熬，煎熬着一种名不正言不顺的成全。只不过就是痴癫的人把心寄给了一缕孤烟。

一个转身，不见背影。路上只剩下自己踽踽独行。那个背影，始终是背影。谁，都不会把自己的背影变成秃颓的荒山。

匍匐前行，就曲径通幽，风光旖旎。不必把别人的背影都当成仅此绝无的一道风景。

不然，你看到的也只是背影。更多的是浮思，人已远走，却深陷烟云间扑腾不灭。

顾人，也得顾己。

抽身而退的人，并非都懂得你那双眸倾尽思念的苦。

看那憔悴的样子，折煞心神。不是相对经心的人，就不会看懂那深陷在白昼与黑夜的牵念。

你站在背影里深望，别人大步流星走远。任何人的给予，如果都能做到以青春相抵换来相应的亲近，恐怕还真的难能一见。

多少人，一生就败在走错了他人的心，回过头来孤身只影，含泪独行。

给青春，留下少许尊严，就不必如此毫无节制地掷予。至少，进退自如，优雅转身。

三千里之外，那一个亭台楼阁有情深意长的琴瑟和鸣声。

心，总是要远行。路，总是要起步。

守望的天空，天地之间也就是眼及之处的宽广。

心放到苍穹之处，站在云端之上，何惧自己不够高尚？不必去咋咋呼呼自己的心灵，把它放飞就可以任意翱翔。

所有的借寄，都只会把心放到不自在之中来矮化。

你的远处，可以托起整个蓝空。那才是你的世界。

不必躲在一片孤云里游心。

有些眼泪，需要藏起来。

多么痛彻心扉的痛，到头来也会被更痛的痛抵消，岁月的盐不经意间会增添到伤口来。

岁月的盐，更多时候不是自己来撒放。而是，把伤口太过暴露无遗，借此得到一种口唇之上的怜悯与抚慰。

恰恰相反，他人并不觉得那是伤，这与他本身的疼痛不相关，何必来得小心翼翼。

有多少伤，不是自己本身就那么的深刻。而是，无形之中徒增百倍希望后，变成烟消成灰的伤痛。

浮思，总会江河日下。多少轰轰烈烈的思念，终将落寂。

瘦了的人儿，捱不过空想，越不过欲念。

一个可以把心向阳的人，明媚得很。

念念不忘那一缕孤烟，执迷着一躯转身的背影，都是在他人的世界里海遁游离。

醉生梦死几番，飘飘欲仙几回。梦后惊醒，悔青了肠。

万里无云处风景如画，你才是画中人。迷醉在自己的天空，好过深陷在他人的浮云里宿醉。

花开岁月里，不必绮梦浮生。

行色匆匆，牵上蜗牛

人生天地之间，若白驹之过隙，忽然而已。行色匆匆，风尘仆仆地来去。

来不及擦拭额头汗珠，乍眼一看门前万树春悄定，放眼一瞧江海千帆急掠过。

停不下来，日以继夜，百般劳累。唯恐落后于人，望尘莫及。这样一来，极度紧张，不再闲情，难得逸致。哪还有细看蜗牛爬行的心境。

最理想的生活，归根结底：争先恐后里奋取生活的质量，不忘牵上一只蜗牛去溜达，不疾不徐，不躁不火，慢慢来轻松走。

火急火燎，奔着生活的质量而走，物质的满足仅仅是生活的需要。而自己的内心，总得慢条斯理细细品味精神的饕餮。

真正的人生滋味儿，让精神与灵魂深处得到一种丰盈的沐浴，所有的物质追逐都敌不过这份无形的财富的滋润。

一种是生活质量的提高，一种是精神层面上的收获。前者是追求，而后者更是着眼于享受。

有人说，年轻需要闯一闯，拼一拼。我想说的是，尽管行色匆匆，请留下一份蜗牛般行走的心情，回望内心的世界，给丰富多彩的心灵添砖加瓦，不需要冠冕堂皇，即便简陋却四平八稳，举重若轻。

"举千钧若扛一羽，拥万物若携微毫"。虽带负重若捧一叶轻鸿。思无邪，意无狂，行无躁，眉波不涌，吐纳恒常，伸缩自如，张放不迫。

问世间万物，谁与蜗牛缓步，从不过度争先，也不恐落后，带着无比沉重，攀登高处？此等心境，温和却非同寻常。

把心与蜗牛而居，牵蜗牛而行，贴蜗耳细语，让生命触角与蜗须同灵巧，神武俱来，威风凛凛。

把心变成蜗牛，除了性命还有行者无疆的使命。在云天碧水间，攀爬出一路的印迹。那不仅是留下的脚步，更是与生命厚重的共印，压碾在岁月的静好间，无声无息就抵达了人生的制高点。

站在历史的堤岸上，俯瞰历史的过往。看着成败荣辱，兴衰更替，还有鸟飞兽散，鱼跃虾行，一切都会淘汰。太讲究速度，欲之不达，行之难恒。

只有蜗牛，从不惊惧于岁月变迁，风云骤变。千百年来，保持一贯的风格，不躁不狂，随着岁月无痕，悄居在岁月的时光里从不倒流，不退步。

行万里路，始于足下。心，若行成蜗牛，一步一步，不疾不徐，能定乾坤无极，与岁月同在。

尘世喧嚣，浮华万千。红尘滚滚恰长江来，皆因利而过于躁狂汹涌。多少人骑着狂风驾着猛兽争相逐斗，不见血腥不分你我就不肯罢休。任何的得来，都是用血淋淋的谋取而掳获得来的啊。

蜗牛，却不因得失与谁势不两立，更别说与谁斗破苍穹。它有它的生命轨迹，不屑与诸众争上游而放弃自己的初衷。

不忘初衷，善得始终。蜗牛，始终如一，坚持不懈。独辟一条让自己走向宁静的路，可以把心身放逐在旷野里，自在舒放，无拘无束，在一个华丽的转身后从容地登高望远。

不违背天性，赋予自然的心态。不哗众取宠，不争风吃醋。慢却是一种速度，是一种生存的能力。

行色匆匆的人，偶尔慢下来与蜗牛同行，何尝不是一种享受呢？

人们常常说，蜗牛在艰难地行走。其实她在享受着生命的慢行呢，悠哉游哉地与岁月温和，与日月共在。

白昼与黑夜，都有它的潜行，在你不经意间，它在向往着登峰造极。不必声张，不用着急，慢下来也是更好的稳行。

行色匆匆的人啊，常与蜗牛牵手散步吧，放慢脚步亲见自己，除去风尘，心稳稳的却一直伫立在彼岸的高处，张开耳目凭栏听涛观澜，在生活里悠然地把雨吟风，空间里的每一处都有绵绵悠长的诗意。

牵上蜗牛，悠着点儿。近看那莺飞草长水光潋滟，还有山色空蒙晴姿雨态，脚下的路都是风景如画。

站在骇浪处，你必须敛声

曾经年少轻狂，荒谬地以为心比天高，欲与天公较量，在经受三波六折的挫败后，所有的锐利在翻滚中逐角折损，剩下的变成了残破，沉淀下来的是一种敛声的坚忍。

突然之间，幡然醒悟，屏住了张狂，敛收的不是伤痕和悲痛，而是收复了一种静气，一种笃定。这不是轻而易举地拈手而来，你必须遭受一定的苦难，才能因此得到某种程度的深刻，多大的苦难也都会自若地拈花一笑。

生活的底层，不是呐喊就可以呼应，也不是挣扎就可以脱离。暗淡之下，你需要敛声，需要深思，出口不会被覆没的，出路也不会是关闭的，路在敛声坚忍中自然有神通。你需要敛声，必要的敛声也是一种智慧、一种果敢。在强大阻拦的面前你不能硬闯，需要在敛声坚忍中养精蓄锐，以便蓄势待发。

不深入骨髓的痛，都不是痛；不遍体鳞伤的伤，都不是伤。歇斯底里的嘶叫，喊不来光芒，与此同时你还会心生惘然。独自在黯然神伤中舔舐，好过无谓的挣扎。因为，伤口总是在静态中愈合。否则，愈挣愈裂，愈裂愈痛。

最大的悲哀不是绝望，而是心死如灰。最大的不幸不是一败涂地，是面对挫败时还张狂地妄想。惊涛骇浪面前，你的站立是一种姿态，你敛声了才是一种坚忍，一种幡悟，它能让你剑刃风暴。敛声坚忍才能集聚迸发的力量，这也是一种引领力量的渠道。

鲁迅先生说，世上本来就没有路，人走多了才有路。万千条路，途经青春，也走过沧桑，是靠你自己走，也都是自己的选择。蹒跚也是走，昂首也是走。路漫漫，吾将上下而求索。

不走，就没路的起点，不动，就没有岸的靠泊。总有路需要你去延续，延续的不仅仅是路，我更愿意认为是一种可以与苦难抗衡的能耐。

你若一路走一味埋怨，生活就埋没你的志气。没有一条路是平川笔直的，也没有一条路是只等你走过。你若愤愤不平，就心生怨怼，不敛声又怎么能行远？成功的人，往往是在痛苦中坚忍下来的，不会是载怨连天，他们懂得必须要敛声屏气才能待得春暖花开的烂漫。

也就是说，面临苦难，别惊扰它的舞爪张牙，你敛声坚忍地静观其变，就是善始慎终的一种解脱方式，只是不能忘，一定要站成自己的伟岸。

惊涛，别问为什么会在；骇浪，别问为什么会有。可以理解为生活的必需品，舍去就不再是生活。因为，生活必定是几番起落形成，如惊涛似骇浪，汹涌澎湃够了，你也都亲身体会了，才能回复到平静的定局。

生活本身，是要每个人遭受到不同程度不同方式的劫数，你算不准何时会有狂烈的冲击。你斗不破苍穹，阻不了惊涛突变，就要选择敛声坚忍活下来，迂回中寻找出路。只要有活下去的机会，生活就不会让你败，待千回百转之时，会让你看到一个完美生活的径向。

除非就是，生活没让你败，你自己败给了生活。生活将不会救赎你，你自己才是赎救自己的神主。总要坚信，当艰难到一定程度，幽处会有一根拐杖，你敛声去索寻，别声张，不惊吓它，它就静等着你重拾新的力量。你越是喧喊，它越是隐藏。

峰回路转，柳暗花明。不见汹涌，怎么会知道澎湃；不是惊涛，怎么会知道磅礴。某一处，预留着给你栖身，那是你的安全港湾。站在骇浪处，你需要躬行，就必屏气；你需要深刻，就必须敛声。

没人一直陪你看骇浪，更多时候别人更热衷和你看日不落，骇浪的诘谬让人不守神，辉煌才让人见到暖光。所以，骇浪处，你需要敛声坚忍，没有人想听到你的嘶吼惊叫，人们最乐意看到的是你的光辉，也没有多少人会留意你背后的沧桑。

原因很简单，那就是每一个人都有自己的故事，所以没有心神去太关注他人。即便是关注，那也可能是人们认为你的故事情节让他更动撼心魂。你的故事别人愿意看的原因，是因为有坚忍到千折百转后的喜悦和感动，而不是遭遇挫败后萎靡不振的凄惨。别人关注，很大部分也是有原因的。

天地苍茫，万物欣荣。不经意间总会在不知处发现一种生命在勃发。往往这样的生命力是恢宏的力量在支撑，大多隐藏在看似极其平凡却又不平凡的处境中，所以能生存的都是在苦难中坚忍下来的生命。

小草不因平凡而失去生命的盎然，因为它的生命绝不是建立蜷缩在风雨之外，他的生命是与风雨相融，雪霜相依。平常不管是有还是没有风霜雪冻的日子，它都保持着不悲不喜。也只有风雨的存在和敛声的坚忍，它的枝叶才会更苍翠欲滴地舒展。

一花一春秋，一树一枯荣。但凡有生命力的物种，无论盛衰枯荣，都是在昭然着生命的伟力，无论多大的风浪，都在敛声坚忍中展现出铿锵的姿态。

敛声坚忍，不争不吵，淡然等待每一次惊涛骇浪的复静。多狂烈的风暴到最后之际，总会落定归于平静。也恰到此时，所有的遭遇已经在敛声坚忍中成就了你在风口浪尖中横刀的风范，筑成了你在面对惊涛骇浪时羽扇纶巾的淡定。

放下红尘，风烟俱净

红尘虽滚滚，清者自清，浊者自浊。看似纷纷扰扰，颠颠倒倒，让人迷离。本质上，纯还是纯，杂还是杂。

放眼望去，阗城溢郭，旁流百尘，红尘四合，烟云相连，太多纠缠不休。放不下红尘，就难能了弃杂念；放不下属于心的拥有，就难能风烟俱净。

人生之苦，为情所困，为名所缰，为利所锁。概括而言，都是求之不得所以苦。索取得到，都只是生命的臃肿。不实，也都是假象。

且说，为情所困之事。

别去妄想，深足于他人的世界，就有容下自己的空间。夜里独开的花，不是每个人都能细嗅。虽香，也只为相投的人而盛放。

煎熬，是念念不忘的苦。置人于辗转反侧，夜不能寐。那也只是深执在黑夜的空洞，也仅仅是臆想。

不是彼此的空间，都能肆无忌惮地驻足。横行霸道地掳掠不是自己的领域，飞扬跋扈的只是思想的强求。一往情深地走进，也需要先投石问路，可否容许有延绵不绝的共行心路。反之迷失自我，更是不知归属于何处是好。

一条通往心里的路，它的宽度不只是为一个人设计的。能走到最后的，应该是因为真情的坚持，而这个人也恰是走对了通往心的路。

暗藏玄机的话，往往太多，因为不想让人懂。过多去说，会露了破绽，唯恐落下慌不择路，直到无法挽尊的余地。因此，执着有时候也会让人走上返还不了的迷途。有些路必须一个人走，不是孤独，而是选择。

放下红尘，就是放下狂乱的心。

放下那人，就不必置人于为难。

你，始终是你，他始终是他。世界以外的喧嚣，撩动不了你内心的笃定。这份笃定，来自于你不亏欠谁的情深义重，也不负人于恩爱的背离。

至爱，如果真能做到，做到患难与共。不必许诺，情深就似海；不永誓约，心魂就深入。

情深的甜蜜，用纯净的心来灌溉则得以持久。如若不是，所有滋养的不过就是一颗娇脆的心，一阵风来就会摇摆不定。或许，明天将成陌路离殇。

红尘情缘，伤透了心。

多少真情置在风雨中备受冷露，多少执着随岁月悠悠荒凉了心。叹人生，几番离合，便成迟暮！

只是，幸福就在路上。

也只有上路，才能相逢。上路，才能看到心中所朝思暮想的如画风景。终点，就是抵达心中的理想。

人生在世，幸福不会不请自来。它的前提就是，需要勇气，需要代价。

付出与回报往往有意想不到的落差，真情以往并不是错误，终点才是生命的归宿，你的错觉认为已经是到了终点，其实，只是还在路上行走……

若相欠，先相还。任何的债台高筑，不能还回的是青春与人情。

一种是一个人把春春错放，逝水流年容颜渐去的残情。

一种是欠着一份不能圆的缘却让人受尽折腾的残缺。

残，都是深伤。伤，就是一种债。

无论种种，也只因为先前放不下，所以也拿不起。

既然是放不下，也拿不起，那就是一种揪心的痛。

为名为利为情的伤痛，皆是处心积虑、不择手段在前。

如果，只是自然地迎来送往，随缘随心。如果不再是如果，也只是一开始就另有用心，那是血淋淋的索取，而不是给予。最后，怎能不伤痕累累，独自舔舐伤口？

一开始就有目的的往来，不会有过程的生死离别，不入心的事，目的太直接，不必有深情。如若这样，毋庸置疑，名利与情爱来得快去得也快。

放下红尘，是放过自己。

没有纯粹的共同分享，就不可能有发自内心的享受。没有共同给予的尊重，就不可能有撼人心魂的感动。

欢乐的分享，通常情真。共同的尊重，往往情重。

只有经得住风雨，不为名利，才见得着晴空万里，风烟俱净。

杨柳堆烟处，我们还要看到桃花红、杏花白，生活的轻松之处，就是放下红尘，把闲情养到逸致之处，在无声里知乐。

　　放下红尘，登临净土，天地间风烟俱净，意也悠然。

知心只若，忘言之契

　　有些人不把话说到底，并不是浑然不知。

　　最惊人的是别人都以为他是不知的局外人，待他一论证，却非同凡响，字句之间掷地有声，格处浑厚。

　　诸多时候我们最忽略的人，其实却不知他从何起，悄然对一切了如指掌。

　　有些，不谈不言，仅仅是一笑，却能鞭辟入里。这样的人，瑶林琼树，是风尘表物。

　　不言，却懂。是一种修养，一种境界。

　　竹林之交，忘言之契。

　　彼此以心相知，不拘形迹。

　　有时候不说话，不是没有话说。只是，不是那位可以敞开心扉来说的人。

　　寻找不到说话的出口，就等于走进一个千转百回也没有出口的胡同，呼应不了世界之外的声音，独自踱步，自我发慌。

不必言谈，却都懂。不用说话，已在神交。知心，莫过如此。

所谓的言之有物，也是懂的人才听得了其中的丰富内容。

不懂的人，多么的热情洋溢，多么的披心相付，对他来说也是赘言。

不懂已经是伤害，不屑更是亵渎。

掏心掏肺的人，向来一往情深。狼心狗肺的人，一贯狂大自傲。本来就不是同一个世界，又怎么能有共同的语言。

茶，不是每个人都懂得喝并喝出相同的真味。那得看与谁，何话，在哪。

若，人对了，别饶风致，自得益彰。

知心的人，宛如推开一扇窗，和风入怀，阳光匝地。

圈子对了，风从虎，云从龙，同声相应，同气相求。不用说，行在江湖里相视一笑，恩怨情仇皆尽收眼底，彼此间从此共行江湖，生死与共。

不见蛮风瘴气，腥风血雨。人对了，天地间朗月清风，江山依旧。

彼此间有德行的人一出现，天下都看到了，依存天气阳性的便上升，依存地气阴柔性质的便下降，都是各自相随于同类。

动听的话，只有懂的人会心动。

风吹马耳地对坐，飘风入耳，挠个痒痒，不入心入肺。因为，把说的话，不当那么一回事。

知心话，只对知心的人说。

不知心的人，不必说知心的话。

彼此都当成知心人的话，说与听都是那么的动心。

相对有美好内在或人格的人只要一站出来，万物便能清明地见到，有如在天翱翔的飞龙。

相识满天下，知心能几人？

知心的人，让人牵肠挂肚。别去，就相忆鬓毛斑。

古人有云：汉恩自浅胡自深，人生乐在相知心。

知心情好，亲密无间。相对不对话，起身离去，已经在入心入魂地交流。

也只有知心的人，才能够做到彻底地相互理解。也只因为，了解。

人，对了。话，都是顺畅无阻，并生话里字句的回味无穷。

弥足珍贵的人，莫过于此。茫茫江汉上，谁人为知心，可共摇响旗鼓？

知心，三两便足矣。

有事无事，守住一盏青灯，一杯香茗，畅谈古今天下事。

直守到天荒地老，与岁月风云起落。不必谈笑都有鸿儒，哪怕只有白丁共守清欢。

所有的人都可以离去，还有这三两人在，就足够温暖一生。等到了两鬓如霜，还记得年轻时候的容颜。

真正的知心，内心存留的是不老的容颜，不朽的传奇。

蓦然回首，天地间一切在变，唯一不变的就是知心的位置愈来愈厚重，愈来愈珍贵。

不分彼此，因为知己知心，早已植入骨魂。

彼此可以为彼此掏空了心，倒尽了所有。不用说，都能解救危难，理顺迷惑。

知心只若，忘言之契。

不说，都深深懂。若说，肠肝回旋。在一起，就是婉转动人。他，都是内心一道赏心悦目的大好风景。

彼此欣赏，就已经是痴醉到不想醒来。

人茶，情未了

独自行走在拥挤的路上，驻足放望人世间，薄情寡义太多，暖心知己寥寥可数。

这世态炎凉，走着走着不知同行人何时又分道扬镳，孤身只影虽是落寞，也总要行人生路。

烟花易冷，人事易分。曾经，熙熙攘攘同行人，一个转身定眼一看，只留下难以寻觅的离去的印记。一去不返也罢，岁月也恰好无情荒芜了这份曾经。

缘起缘落，去留皆空。深情款款也会寡情落落，守护百年，未必隽永。

仰天长叹，不禁问天，究竟有什么可以一生深情，不离不弃，惺惺相惜？

千转百回之后，该走的人走了，该来的人也来了。离或合，来或散，皆拥之入怀，不悲喜，不生恨。

除此外，我惟独对茶情有独钟，爱之入骨。更是丰富生活的需要，不可或缺的是，它更能懂我的孤独。

同样是入心。人，可以做到生死相依，茶，亦能做到灵魂相拥。恰是转世的相拥，入心入魂，经年不朽，不敢怠慢。

茶，只有茶，可以共守清欢，岁月长存，心魂隽永。不论贫富，不论成败，不管何时，不管何地，你在茶在，就超然于尘世外，茶在你在，就放逐在山野外。瞬间，人与茶，心与自然交融成一体，不分彼此，深情以往。

迷恋上高马二溪，无论世界多冷酷，内心从不荒冷。恰恰相反，更是彻夜深守，与之暖言暖语，把爱恨情仇一一饮尽，把人间肃清孤独一一相许。

如同圆通禅舍主人邱老说：我好这款茶，也独爱高马二溪，唯独与她可以感受到人茶合一，与天地同在，分不清或人或茶；走不出她的心，她亦不愿舍我离去。

一开始，我不懂。我觉得，情深意长最好就是能彼此言传，言传便能更好通融相知。

然则，听邱老这一席话，我甚是幡然。痴心绝对，因为太迷醉；深情相守，因为心魂共镂。

至深的情谊，不需太多誓言。佛家有言：不可说，不可说。只有意会，不可言传。意会，比任何动听的言辞更是动人心魂。

是夜，独守深爱，焚香释卷，与茶相守。看那生命的舒卷，那韵味的散发，那一味的扑鼻，熟悉亲切即抵达内心。轻呷一口，甘甜醇香，味觉体觉就一瞬间，让人百般地沉醉。

这不是茶，是一个孤独百年，千转百回，带着韵美平平仄仄走来与你相见，为了这一天历经崎岖不平的山路，穿过层层的蛮烟瘴雨。来了，只为你把心来镌刻。

唯独你享有，也唯有你有这份缘。

恰在此时，茶就是你的全部，你亦是为她苦苦等待。

恰在此时，在谈一场旷世凄美的爱情，是转世的相投。

恰在此时，与她百般拿起又放下，与她千回入心又入骨。

不求轰轰烈烈，只求共同予与。心魂的予与，心无旁骛，彼此喃喃细语，不需要人懂，你懂我懂，就已经胜过万千宠爱，淡淡地深守。茶就是我，我就是茶。

人茶，情未了。经得起流年，守得住清欢，把生命的全部毫无保留献出菁华。

不管人心不古，泥沙俱下。茶在，静谧俱来。不论，岁月沧桑，烟花易冷。许三世的迷离，也为守候一生的至爱。

我问禅舍邱老：人茶合一，所见所觉是何样？

他，盘玩佛珠，慢条斯理地说：人与茶，情未了。只因，灵动不息，人茶鉴知，彼此皆能心神入定。

说罢，犹心里惊起千层浪。

人茶所情深未了，孤忠既足明丹心。

守候一款茶，就守护得了一颗淡泊明志的心，就守得住宁静致远的人。

怪不得，邱老堂中高匾题写的"千刀万剐，只喝高马"赫然在目。原来，与茶情未了，注定相守。

人茶，情未了。原来，守住澄清碧水的魂晶。

不自知皆寥落

风去物定，夜半沉寂。一切的静定，关乎自知。

自知，不喧腾，不矫情，更不会做作。

自知是什么？就是"五常"之道："仁、义、礼、智、信。"是谐和原则与感通原则的结合体，缺一不可。自知的人，心中是恬淡，所为是寡欲。自知的人，内心一定非常的收敛。底气十足，不是因为他认为自己有多么绝妙的生活水平，而是他内心的静定与自我批评无形积累成厚重的资本。从某种意义上来说，这是人生最大的筹码。

不自知，就已经不淡泊，更不会自制。像极一匹野马狂放不羁，目中无人横冲直撞。谁人也难驾驭得了，别人更不愿意去与之往来。他若不自知，不是在自我毁灭里疯狂，就是在所有人都离去后寥落独行。

寥落的人，在于不自知。

那一份自我感觉的好，从心底就盛装着狂傲，自会凌人。似乎是这人群里，唯独己好。因此，霸气外露，所恃放旷，又看似威风凛凛，近后亲见空洞得很，经不起几下摇晃，便见斤见两，暴露无遗。不自知，恰是粉墨登场，字正腔圆后的淋漓尽致，那也只不过就是借此不自知的矫饰空来的自喜。而真正的掌声，绝对只是观众发自内心的欢呼与礼赞。

可是，不自知的人偏偏就好上心身以外的声音。对动听的话，往往百般地在意。受到口舌上的赞美，心随即轻飘。或许，有些人就喜欢这种飘飘然的感觉。只是，不动听的话，才是内心真实的需要。甚至，体无完肤的批评，才是知心的话。

恰恰相反，习惯了奉承如饮蜜的人，内心里却是百般排斥别人说的真实话。也只因为，心会灼伤，受不了任何不动听的话的刺痛，他所谓的自尊心会受到损毁。事实上，就是死要面子，容不得一丝丝的忠告。

不自知，更多的是建立在他人口唇之上的好坏毁誉。说到底，就是他的整个生命价值，依托在他人的口舌之上。仅仅一句话，他可以欣喜若狂，也仅一句话，他也便黯然神伤。或狂或伤，都败在一句话上，抗拒不了风吹雨打，就已经七零八落。

这人世间，有些人也只是衬托罢了。像谢了的花，一阵风会败落，在此之前却又故作娇贵。是逢场作戏，然后黄粱一梦；是圆滑世故，也成极具玲珑。总之，经不起风霜的生命，都是苟且偷生。

有些话，别人就是听，也不一定用心来听，或者仅仅是附和。不自知的人需要的是溜须奉承得来的欢喜，那让他不自知的脸扬着眉飞与色舞。太多戏做给别人看，而不自知的人所独有的那份把持与低调，所寻求的只是内心的安然与自在。

不必在他那里较真，平常的往来也就行了，你若太认真，只会在他的在意里难以自拔。这不是做得不对说得不对的问题，而是他需要那些动人心弦的话，还有那些让他足够欢喜的事。所以，你永远也不是他眼里那个足够好的人。

你若在他那里做到足够好，不是为了在他那里索取些什么，就是什么东西被他所震慑。那你将会用诚惶诚恐的心，小心翼翼地掩饰着什么。

他不累，你却早已被自己折腾得不成人样！

与不自知的人相处，你若与他一般不自知，他理所当然让你百般周旋着去附和，你得逆来顺受。你本就不坏，骨节却早已摧折，无形中也给了他气势，使其更嚣张，言行更跋扈。

不必去奉承讨好一个不自知的人，因为本身就捞不到任何好处，更别谈入心入骨的话，那是一种自己对自己的折尊。中听的话，一贯都只属于直来直往的人，每字每句都发自于肺腑。

当然了，你也会在他尽得欢喜时，得到空洞的寥落。他如雀跃，你却像极了他的屋塔，他一阵欢愉，一阵狂喜后，一转眼飞走，只剩下孤寂的你，在无声中无尽地怆然，冗长着悲凉！

当人去楼空，你在不自知的人那里走到了尽头。最后，自取其辱，恍然若失。那份不自知，原来也是自己给自己造的孽，悄无声息在自我忘形的付出中受到了愚弄！

这个世界，不见得谁少了谁就活不下去，也不见得谁生来就为了谁去卑颜屈尊才活得更好。自知的人，像是盘栖藏匿于华丽屋檐下的斗拱，默默无语，斗转星移间支撑灵魂深处的笃静，历尽风雨沧桑，笑对日月的轮回，岁月的更替。

自知，可以屹立千年而不倒。也只有自知，才雄姿英发，锁尽明眼人。

老子有云："知人者智，自知者明。"自知的人明了自己的微渺，因此凡事处处礼让。那是包涵着磁力，从而吸附更多的共同体，那是因为欣赏，因为德高，所以望重。

人生在世，知己难寻。拥有磊落情怀又能从内心上共鸣的两人，一定相知，也一定在岁月里惺惺相惜。只有相互自知，才能在岁月里并肩共永。

江湖里，混杂纷乱，各色人等，最诡谲的一面就是在不自知里干各种勾当，人模人样的背后是邪魔妖道的为所欲为。不自知，是性情的陷落，陷得太深了就会邪魔附体。

活给别人看的人，只有别人才能给到他内心上的满足。悲哀的是，当别人转身离去，他会去寻找另外一种更高的知足。那是因为，心灵太贫瘠，也只能借他人的甜言蜜语来滋养心身。最后，无数人仅仅是走过他，从来没有停留过，没有多看一眼。原因就是，没有内容。

现实问题在于，谁也不会只为谁一直不间断地给予内心的填补。不自知，人避之唯恐不及。不自知的人，很难能有一两个真正意义上的知己。

一个人，他的成就不在于有多少财富与多高的名誉，而是他的生命从始至终有多少人能无怨无悔地驻留。自知的人，别人也轻松愉悦。

不自知的人，即便得了江山，也难守得住内心的那片静谧的旷野。荒芜的心，荆棘丛生，躁动不安，又怎能征服得了人心，更别说纵横天下。

寥落的人，只因不自知。谁也不见得比谁更高尚，又怎能不自知？

人苦，其实就是不自知。只因为无知，人，尽离去。

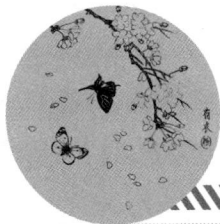

第二辑：三千风月伴孤独

　　风花雪月固然美丽，倘没有欣赏的眼光，看见的，不过是尘世间浮云而已。

　　生活中不是缺少美丽，而是缺少发现美的眼睛。

别活得太急

生活，别活得太急，一旦了了生命，就静寂得太久了。

我们来不及享受生活，就是因为，我们从来都在匆匆忙忙掠过。所懂，仅仅是凤毛麟角，只见一斑。

生活，是一本书，读得太急，囫囵吞枣，不觉味。读得认真透彻，就津津有味，有香有色，见真见质。

慢慢走，别急。乐趣，不是在浮光掠影里浅见。一旦急了落下个趔趄，不满地找牙，也会疼痛得不行。

生活中的享受，其实在于慢慢咀嚼，细细品味。太急，品不了真味儿，太赶，见不到真境。

最叫人流连的风景，不是匆匆一看就能悦目神怡。不入眼帘，因为从未发现。待你想去发现，那片幽兰亭林，已斑驳剥落，残枝败叶。不是没有风景，是你走得太急，在后知后觉中已错过。最后，无奈满袖凄怆……

人生的驿站，于三千里内柳花堆烟，坐落在月朗风清处。你需要歇息，心灵也需要栖息，在风烟俱净的驿台中停留一会，解去一切缭绕在心身的牵扯。

在你匆急之时，你听到自己那些仓促的脚步，太过于凌乱，乃至后来领略不到鸟语花香，高山流水，在太急中忽略了美好，也埋葬了曼妙。你的整个生活，从此沦落于纷繁，纠葛中剪不断，理还乱……

你听，自然界中那些花开的声音，你看，玉叶的张合，流云的舒展，都有言语，都有歌唱。你太急，听不到大自然山水的轻言。那也一定不是悠闲，恬淡，自在。

若笃行静待，就心无旁骛，才能看透红尘滚滚中的虚实、真假。你若太急，不是生活不给你享受，而是你没有资本去享受那一片万里澄清、云海无间的透彻洁净。所有心情都太匆匆，太多烟尘无法挥拭。因此，"累"这个字，于你心身一直附着，从此难休。

你急，你的世界茫然；你悠，你的世界依然。只有把心身置于悠扬，轻盈，曼舞，用心去倾听自己心灵的歌唱，你感觉到自己，你的世界就依然在幽静处对你嫣然一笑。

适当停下匆忙的脚步，把心融入自然，将灵魂深埋。哪怕闭上眼，天马行空地畅游一番，遁行一番，享受一番，也是一种静定的享受。尽管，风起云涌，你的生活有条不紊地进行，你不急，世界就还在，生活就跃欢。

不必追风捕影，也别浅尝辄止。停一停，细细品味，每一天都有不同的美好时光。

不急，即是从容行走，没有慌乱到失措的匆忙。不急，才能制骤变。

你看，有江湖的地方，必定有纷乱。一个人的江湖，你慢慢走，觉解腥风血雨，悟透明争暗斗，所有潜伏的劫机，在你的江湖里就会了然于胸，一切自然从容迎刃而解。

不急，才流畅。长得太急，愈发扭曲。走进四合宅院，长庭幽道，邸院深深，扇门叠叠。乍见庭院处，数棵异树，弯曲生长，长得太急，扭了根基，怪异百露。

走出院外，杨柳相依，挺直畅长，自然地生长，自然地形成。秉承天地，自成伟岸、挺拔。

所以啊，不急，不曲；不急，不异。

强之则辱。慢慢地，轻轻地来了，一转身，不带去云彩，不留痕迹，走了。某些深爱，不急才有所留恋。是的，不带走云彩，不留下痕迹，才使得人一直寻觅，追踪。那个人的心中，你一直还在。

当你走在人生的路上，过于太急，易于错过。错了风花，不见雪月，错过风雨，不见彩虹……只因，你太急，所以注定失之交臂。

你别急，别太急，人生没有多少次错过。一些人，一些事，一念间，从此以后不会再见。

生活的意义在于：你所有的行进，都当是咀嚼生活的真味，无论苦与甜，酸与辣，每一种味道都是无穷，每一种领悟也都深刻，每一种享受更是惬意。

你别太急，生活没有逼迫你追逐岁月沧桑。与生活并肩同行，生活就不会把你抛甩，与时光不老，你就不易老。

芳华易逝，人要老去。你愈急，生活就愈急。把心放平静，让步伐转缓，心意若合一，步步便生莲……

别活得太急，寸寸光阴里琐碎之处，只需要，一停步，一凝神，一定眼，那韵那美皆是不胜收。

默

一路走来，倏然过了半生。

像你我，半生而过，失败的一点，却没有太多的勇气去回望。

徐徐回望，太多伤痕累累，太多苦不堪言，沉沉浮浮，笑骂这生活，欺人太甚，偏向于自己。

解不开，也不懂为什么，始终是个谜。

这个心谜，足足用半生来系。逃不过命中的结，后半生来解。甚至，到终老的那一天才解得开心中的结。

得到，也失去。

重视某些事，也忽略某些事，某些人。

有时候问自己。不该过得那么心酸，只是却又偏偏命运捉弄人，一次又一次委曲求全，又不敢放手，苦苦挽留，苦苦等待。

心苦，让人的心，已千疮百孔。久了，破碎不堪。那是欲罢不能，欲取又遥不可及，无奈，尽是满腔惆怅与忧伤。

生活就是一种欠与被欠，一种伤与被伤。更多时候，用唇边的酒来亲吻过去，用点燃香烟来抚慰曾经。太多，都是夜里⋯⋯

不想伤人，也不愿意谁来伤己。只是生活，总有伤，总有欠，那就有不休的牵扯，有不息的疼痛，有不清的债账，也有难圆得了的缘。

爱，与被爱。不欠，多好；不伤，多好。如果，真的不欠不伤，就不为痴心换情殇。

心难安，不是自己不想好，而是生活还没有让你好。那就是会折腾地过，表面上来看快乐，却忧伤去过，将就过着。

一直等待，等待着那个还没有遇见的对的人。那个无论对或者是不对的人，若来若去，轻轻地一个转身，真会颠覆一个人的命运，会撕裂一个人的心。

太多人，纠缠不清这些问题，不是真想不懂，而是还没透彻。有时候在他人看来，就是无情无义，都用躲避来应付。其实，做不到足够的好，却是这么的自责与痛彻心扉。

当爱已尽，情已逝，帆已落下，心也只能在汪洋漂流。

落寞，即便是孤独一人也好，虽然背负了罪名，但这也是放过自己，成全别人。苦苦挽留，苦苦哀求，你不挣扎，别人却因为你而放不开在挣扎。

如果不挣扎，那是从来没有过情深。

只能，变成一条固执的鱼，逆着洋流独自游离。不敢回头，不想遍体鳞伤，回不去不是不想回，彼此间的青春也挥霍不起，彼此间不想有目光的交集。那都是，满满难以用岁月痊愈的创伤。

不是不想厮守终生，厮守需要底气。不足，就是还没足够的好，怕会伤人太深。

最好的相遇，足够的好，恰好遇见。足于盛装于怀里，温暖一生。

多少人的自责用救赎来孤寂终生，多少人的绝望背离远方成终生孤寂。

因为太深，所以太伤。或削发为僧为尼。这是不愿再步入红尘，宁愿终生孤老，也不愿用一生画从来画不圆的缘。

太多的誓言，多轻狂。若干年以后，会变成自己的笑柄，那充其量就是甜言蜜语而已。

是当初，当初都太相信了美好。过后，又亲手破碎一地的美好。

像是站在地上怔怔看着摩天轮，一直旋转，旋转着快乐，旋转着未来。突然，戛然而止，整个空气凝固了一般。

潦倒的生活，都无关心情。只怕，一份深情扎在石板上，本以为稳稳的幸福，还来不及多看一眼，已经是掷地而摔落。摔坏了心，从此不再能拼凑。

品了情毒，饮了情迷，化不开蚀骨焚心的后遗症。因为，不明白，也因为有执念。就不放手，不还手。最后，被判终生孤寂。

结局，还是失去。含泪带着孤单的心离去，撕心裂肺捂着痛默默离走。

不再回望，是不敢再望。怕，那还剩下的少得可怜的尊严也荡然无存。

画不圆的缘，了不了的情，修不了的同渡舟。狠狠地摔掉划桨，纵身入海变成一条鱼，游离到底。

默背，离走。默默走远，再也不是结，也不是劫。

带走曾经，拾取所有的伤，朝着辽阔通透的远方，游问自己的彼岸。

远行，抵达心的归处

旅行，心的旅行。

带一颗心，去抵达一个可以让心身安然栖息的地方。

哪怕，就一个人。带上孤独，带上诗意，带上向往。最好，毫无目的随心所欲。不必仓促，不用行色匆匆。到哪停留，都是心灵的驿站，一路上像漂流，停靠在哪里就哪里驻足。

在一个地方久了，熟悉每个角落都熟视到无睹时，摄入不了眼帘，心不再寻觅和期待。人，终究需要一种向往远方的心。

去远行，一个不需要有目的地的远方。一个人，向往远方的神秘之旅行。

自由心身，无拘于形，亲近自然。远处是风景，近处却是人生。

挣开尘世间一切的束缚，抛开一切的烦扰，把心归零，轻盈前行。

人累了，心倦了。暂别熟悉的地方，暂别热闹的场合，去一个陌生的地方享受陌生的清孤。

所有的风景，所有的人都是前所未见过。没有热闹的喧腾，没有觥筹的交错，没有对错的恣争。一个人回到最原始的心灵归处，只要背影不离，就是清静。

煮一壶茶，与生命对话。站在风景处，眺望远方，任微风习习，随柳榆挥舞，心与自然同在，天地间皆风烟俱净。

我喜欢一个人去远行，那是不知处，有诗。我不带酒，我带茶。走着走着，在山间田野边，拾柴取火，坨壶煮茶，看远方的田地里有农夫耕作，有牛羊成群，有乡村炊烟，无处不是风景。还有我，独自品老茶，不觉孤寂，更觉优雅。

心在自然，皆是风景。山山水水逶迤绵延不绝，鸟语花香触手可及，好一派大好山河。

心有山水，不必刻意去某个目的地观赏。有山水的人，无论在朝在野，都有景致的意境。

远行，不仅仅是为了让心身放松。应该是与山水相逢，与峰峦相见，与花鸟相约，都揽入心怀，把满满的大自然装点成自己内心的花园。

累了，偶尔把心门打开，就是景意盎然，芬芳岁月。

独去远行，远离纷纷扰扰。带上心情，每一段路都有语言，每一处风景都有意境，每一个驿站驻足都有同行人，每一个亭台楼阁都有心灵的栖息地。

把心放逐于野，暂别城市的繁华喧嚣，做一个精神的流浪者，去拾取诗意的精神，重燃起生命的韵味。

远行，心的旅行。有诗意，有歌声，闲云野鹤一般的悠游，摒弃尘世间万千浮华，总有一处静谧在旷野中可供把心舒放。

远行，去抵达心灵的归处。那里风光旖旎，景意幽深，那里是心的归真。

远行，带回一座四季都花香馥郁的心灵花园。多大的风雨，多冷的冰霜，都撼动不了心门以内的大自然。

远行，用心把自己带回来。

喧嚣尘世，听心取静

　　这个世界本身并不吵闹，人心喧嚣了，世界就变得嘈杂。谁心疏狂，他的世界就陷入喧嚣里落寞，在他的世界里，绝嗅不到一丝丝的恬静真性。

　　世界很吵，别忘了听听自己内心的声音。喧嚣尘世，常常听心取静。每当屏息静气努力在喧嚣的尘世之中寻觅一种纯净、和谐之音，顿然间，整天人的思想蓬勃着，灵魂清静着……

　　"长矜争之心，恣喧嚣之慢。"思想不息，就是孤独的。也只有思想的孤独，才能把精神独立放在尘世中不荒芜。精神注入了灵气，灵魂才能灵现。

　　尘埃掩埋的心灵静地，必然是尘土纷扬，翻腾着瘴雨蛮烟，沉落后尘垢覆埋。抚不去内心的尘埃，见不到灵魂的高度。结果，活在一种灰暗狰狞的岁月中，最后灵魂任凭挣扎也破不了尘土，终于埋葬于人间最底层。

世界太吵，只是世界。若守得住一份宁静，尽管这个世界翻江倒海的吵闹狂吼着，门槛处心上了锁将密不透风，吵闹都只能被拒于心门之外。不扰内乱，不泛狂澜，风平浪也静，一派平和来。

心静了，一切就风烟流转。心愈静，世界愈清，看得见自己，就聆听得了心声。能够把浊浪杂音归复于清净，必先扼制住狂闹于麾下。你战不败喧闹，就归降于凌乱，嘈杂凌驾于你，你的整个人生注定仰其鼻息。思想修养境界的真相就是：驾驭不了，也降服不住的癫狂滋生，就只能在躁动中牵制。

听听自己内心的声音吧。一个人最清静最磊落的活法，就是与自己的内心常来常往地长谈。你看不到自己不是你有多高大，而是世界的浮尘把你双眼蒙蔽了。听不到自己最初的心声，证明还相信这个世界上最快乐的声音莫属于灯红酒绿、纸醉金迷的靡靡之音了。

事实上，自己的声音是尘世上最真实、最神怡、最悦耳的纯净音质。它，有时高山流水，有时风清月朗，有时鸟语花香，是风情万种却朴真自然。内心深处的声音、肺腑、血液、思想直至整个躯体之中都唤发出一种旷日弥久的禅音，浑厚，通透，圆润……

世界热闹，人心易躁；世界清凉，最美孤独。精神斗争之可怕绝不亚于任何一场战争。由此渴求一份内心的平静，唯一的方法就是远离尘俗的吵闹，听听自己的声音，寻回大自然的清静，在那里可以返璞归真，拥抱自己。

浑浊的城市空气，让我们的呼吸越来越沉重，糜烂之音不必去循声张望，城市的霓虹灯不必过于仰慕。与其投之以路，不如放之于野，走去大自然之中感受原来的景致，或许我们忘了夕阳烧红的云彩有多美，忘了圆月初升的大海有多魅，忘了轻风拂过的竹林有多温存。听听自己的内心，扑面而来嗅到清新，闭上眼睛轻轻呼吸便是一份意外的享受。

你的世界回到淳朴，就有一种无声的感动。

世界最大的纷争，不是厮杀连天的刀枪剑戟声，而是内心的无声纷乱。人间最动听的歌曲，不是天籁曼妙的歌音，而是听不到的心灵轻语。

走进大自然里，倚立在轻风和煦的天空下，面对尘世的翻闹，剔去混乱声色的围绕，一一将之归真。俯身拾起一片落叶，透过经历风霜雨雪的枯槁，虽然她的躯体稍有蜷缩，却能更清晰地看到一条条延伸而错开的血脉，你是否能听到叶子与根茎对话的心动的柔语？

世界太吵，你心静，世界的每一处角落就静谧蹁跹。精神在静处中丰润，思想在静安中生机，灵魂在静安中升腾。听听自己，就能见到从大自然的旷野里辗转而来的纯正的声音。

听听自己的，找回曲折百转后最初的声音。这世界上声音太杂乱，最幽静的最轻柔的还是心灵的轻语。世界太吵，听听自己，心灵声音，最是纯净。

守得住清欢，心无旁骛聆听自己的声音，你的世界也即时清凉着。

人茶俱老

当老去，隐退江湖。岁月风云，来去亦无痕。所有的人，或许全都忘记了当年的一切。

最终，将被埋没前身所有。自然的定律，不存在残酷与劫难。这就是一条任何人都必经的路，不论坎坷或平顺，都会成为过去。

当，路走到尽，回不了头，索性就地坐下取出携带的茶。依山傍水，苍梧之下，劈柴生火，坭壶煮茶，散发出经年的茶香，与之交杯换盏，茶我两忘。人在，茶在，共同细细回味共同走过的沧桑岁月。

有茶，就有故事；有茶，就有灵气。

身上有茶，老来怎么会孤苦冷落呢？

即便，所有的人，都不懂你。你和茶，却可以相对地痴迷到终老。茶，才是你最好的知己，可以嗅香入体，抵达心魂。最亲近心身的莫过于用一份生命来释放灵魂，并植进自己的骨魂之中。

也只有，属于自己的好茶，可以这么亲密无间。唯独，带上一款彼此都懂得的茶隐退江湖，从此隔离尘世间的斑驳陆离，拒绝名利上的腥风血雨，与一款茶，带上宁静，居于淡泊，返璞归真。

守得住懂你的茶，你懂的茶。带上她遁入荒郊野外，劈柴喂马，耕耘劳作与日月轮回，与天地同在。茶在，就守得住自己大好的江山。

人世间，不必去奢望身心以外还有谁懂得这一份惊心动魄的清孤。闲暇漫步古道边，亭台外，走走停停，边看边赏。归回之时，木屋内外氤氲着熟悉得不能再熟悉的茶香，懂你的茶，在等你回来不再闻窗外事，不慕门外景。青灯下，蒲团上，触手可及的灵魂与灵魂深情相拥，整个岁月静好。

有微风，有清雅。屋内，静坐思听，风雅顿生，还有什么比有茶相伴更是韵美。

有云淡，有日月。屋外，风烟俱净，乾坤无极，还有什么比有茶陪同更是温暖。

一生走来，所有的功名利禄，只不过付诸一盏茶之中。

无论，拿起放下，都是从容；细嗅品饮，都是人间的真滋味。

带上茶，去远方。

不用苦苦挽留谁来听语。茶，如约而来，你如期而赴。无论，多大的风雨，一旦想见，自能相见。

纯粹的灵魂，绝对是干净的心。

依存在大自然里，像茶，来于大自然，去于大自然。不造作，不矫揉，不扭曲，赤裸裸地来，赤裸裸地离开。

不带走一片云彩，只留给这个人世间那一个优美的转身，让众人赴汤蹈火也在所不辞地追随与付出。缔造出一个又一个忠肝义胆的人，成就一群又一群苦苦眷念的众生。

茶在，生活的乐趣无处不在，心灵的暗香涌动不息。

圆通禅舍邱主人，也被茶带进禅舍。说到底，就是因为高马二溪茶的气、味、韵，直接抵达他的灵魂深处，折服了他的人，他的心。

抗拒不了，因为，对独具一格的韵美牵肠挂肚。索性，与茶终老。

这可谓是"遁入空门深似海，洗尽铅华始见真"，不是人带茶归隐江湖，而是茶带人遁入空门。

带着高马二溪的至宝，底气十足，谈笑风生，鸿儒纷至沓来，也奔着至宝能引起灵魂的交集而来。

与世无争，因为茶胜过一切身外之物。因此，不必争。

清心寡欲，因为茶赋予生命重生。因此，与茶同在。

行走在百转千回的流年里，与茶私聊着扑朔迷离的前生来世。与茶同行，在心灵的驿站里，逐一停留，逐一往返，逐一守候，茶若在，心就不会黯然凉去。

茫茫人海间，万千浮云里。别去江湖，心无旁骛，不为名所缠，利所锁。煮起人性的清香，品味这感觉，怅然落泪。隔着悠悠的时空，茶让人那么的笃定，那么的忘情，那么的痴迷。

圆通禅舍主人邱老说：

我喝的茶，是茶；最后不是茶，实际上又是茶。

多么让人费解的一句话啊。

后来，我因这句话辗转难眠。我猛然坐起，这个境界有三重：

恰似，看山是山，看山不是山，看山还是山。

人生第一重界：看山是山，看水是水。涉世之初，还怀着对这个世界的好奇与新鲜，对一切事物都用一种童真的眼光来看待，万事万物在我们的眼里都还原成本原，山就是山，水就是水，对许多事情懵懵懂懂，却固执地相信所见到的就是最真实的，相信世界是按设定的规则不断运转，并对这些规则有种信徒般的崇拜，最终在现实里处处碰壁，从而对现实与世界产生了怀疑。

人生第二重界：看山不是山，看水不是水。红尘之中有太多的诱惑，在虚伪的面具后隐藏着太多的潜规则，看到的并不一定是真实的，一切如雾里看花，似真似幻，似真还假，山不是山，水不是水，很容易让我们在现实里迷失了方向，随之而来的是迷惑、彷徨、痛苦与挣扎，有的人就此沉沦在迷失的世界里。我们开始用心地去体会这个世界，对一切都多了一份理性与现实的思考，山不再是单纯意义上的山，水也不是单纯意义的水了。

人生第三重界：看山还是山，看水还是水。这是一种洞察世事后的返璞归真，但不是每个人都能达到这一境界。人生的经历积累到一定程度，不断地反省，对世事、对自己的追求有了一个清晰的认识，认识到"世事一场大梦，人生几度秋凉"，知道自己追求的是什么，要放弃的是什么，这时，看山还是山，水还是水，只是这山这水，看在眼里，已有另一种内涵在灵魂深处了。

我，恍然大悟。茶即人生，人生即是茶。

邱老与高马二溪的这份因缘，是灵魂的归属，是心灵的丰盈，是修为的境界。

他带上高马二溪茶，归隐禅舍，同样告别了心身的漂泊。因为茶，就是他的天下，他终极理想的生活。

所有的功名、利禄、富贵。茶，就是他的江山。

所有的悲喜、得失、荣辱。茶，就是他的人生。

这就是，人茶情未了。哪管窗外风来急啊，茶就是他的世界，彼此间不深情与往、神往神交又怎能共走到终老?

带上茶，与之共老，与之未来。来一场经年不息的静美修行，瞬然间，心灵就富有了起来。

当，摒弃了浮躁与浑浊，留存于心的是清净与静远。那是，多么惬意的事啊。

人茶俱老，冰清气绝，才能无上菩提，悠然自得。

孤独的人与茶

孤，独也。

只有孤独使思想成为自由行者。无疆界，无阻隔，任意行走。当然了，孤独里清高，盛放着空灵，蕴含着禅意。

品尽孤独，走过大悲大痛，而后大彻大悟。然后，把心灵化成诗意栖居在独自的一处。

这是一种境界，不求外物。秉承自然，让灵魂深处得以清净，享尽精神上的高贵。

孤独的人，往往有沧桑的故事。孤独的物，通常也浸透着风雨烟云的过往。

他孤独走来，就苦尽之后的"如我所是"。孤独，反求诸己，无上菩提。在万千尘嚣里平静地独行，思想从不荒芜，心灵亦不会贫瘠。

孤独，它没有声音却有思想，没有外延却有内涵，孤独是一种深刻的诠释，是不能替代的美丽。

孤独源于爱，无爱的人不会孤独。

孤独是从人群喧闹中偷来的灵魂归真的享受。她的清高啊，不是常人所理解的"孤独"。

孤独，其实就是一种绝美。不需要虚张声势，不需要轰轰烈烈，在静谧中在旷野处，在山间里小道上，独自活色生香，处处见禅机。

不用刻意等人来嗅闻，不必装扮修饰自己，最好的品质就是他生命里独有的养料。

真正的孤独，于人于物，不为过地说：

人，世外高人；物，世间尤物。

圆通禅舍的邱老，他是孤独。

让我为之一震的是，他的孤独悄隐盛装着另一份孤独。

一个人的孤独又能融合于另一份孤独，这应该是我所见到的唯一一个极没有形式可循的孤独人。

这位邱老，商海之中纵横驰骋几十年，于风雨之中叱咤几十载，在几经大悲大喜里大彻大悟，在几番大起大落中大知大觉。最后，大隐隐于市，居于自我构造的禅舍，不悲不喜，宠辱不惊，归属到最原始、最本真的状态。

简，一个字概括了他整个人生走过来的追求。禅，一个字透露了他整个生活所向往的精神。

形成的某种独一无二的思想、气质、风格，是我难以理解的孤独境界，它蕴涵着清奇遒劲、圆通慈怀……

禅舍，没有买卖，只有分享。不论谁人，禅舍堂中皆大开恭迎。

孤独里有空灵，载天地间万事万物，尽是清欢。

我在寻忖着。征服了他的，难道仅仅是他大彻大悟后的孤独吗？

大抵是，当一颗狂放不羁的心，到了某一天遇见了某一物，突然间变得懂得在孤独里享受一份清高，继而与孤独共欢吧。

让我吃惊的竟然是高马二溪的茶韵，把邱老给征服了。

这可让我百思不得其解。几番伫立，几番端坐，一种孤独把一种孤独来深欢，两躯灵魂出窍一般，在圆寂里彼此深情对话。

难道，是人遇见了藏于深山、隐于丛林中的孤独一叶，于是，狂放不羁的心被这一叶灵魂所牵引，从此往后，念念不忘，生死相依？

我火急火燎就想去品尝一回真正的高马二溪茶叶。

如果，真能让人一品就能回味无穷，还能让人的灵魂究极觉醒，那应该是怎样的一种感觉？

折煞人。如果真的是这样，那我之前品尝过并觉得甚好的茶岂不是都难与之比较？

是夜，禅舍青灯伴随沉香缭绕，石狮守护于古门，细竹微风起舞恰似与青墙黛瓦轻私语，古香古色的门前樽，雕刻着深浅不一的花纹，于禅意茶几上那一盆花卉似乎也在歌唱，禅舍灵气升腾，境界悠悠，飘扬着一阵肃清之气，仿佛间回到远古。沐浴更衣后，方好面对一盏上等的好茶，我不由得凝神屏气等待那一叶的灵魂共鸣。

高马二溪茶入碗。一壶沸腾的水注入其中，静观杯中舒展着生命，那一叶叶的菁华，透过杯子极具妙美。

乍见那汤色极是干净，一口入喉，芬香四溢，于齿唇间，醇香幽浮，丝丝入扣，这茶，这般韵味，太含蓄了。

这般的含蓄，带尽灵魂的干净，品质的幽香。茶香，氤氲着千百年来点点滴滴的孤独，它含英咀华，在我肺腑里无声流转，我不由闭上眼睛，感受那丝丝心动。

亲临感受，倍感亲切。我含泪，终于明白了。

明白了邱老的孤独。其实，需要另一份孤独来启开他内心最深挚的爱，这种挚爱让他走过岁月里，一直用生命来寻觅醉生梦死的另一个自己。

也难怪，他这么执着于"千刀万剐，只喝高马"，看似偏执却又真真切切折射出灵魂。

只有这样品级的茶，才能让一个人恍然大悟，原来一直寻觅的它，竟在岁月里孤独无声且低调含蓄地深藏。

只有相对孤独，才能发现孤独里的那一份高贵。

或许就是，孤独遇见孤独。清高的人遇见清高的好茶，那是百年孤独的苦苦等待。

当，孤独的人与孤独的茶相见，整个空气会被彼此的清高所融合凝固。这等清高，就是彼此间都用一生来守候，只为那一个人的灵魂与那一片味的苦苦等待。

到了那一天，足足受尽煎熬的修行才能相见。从此以后镌刻在岁月里天荒地老，不离亦不弃。

泥炉弄炭，松风煮茗，这个时候人往往是孤独的，从茶中所获的快乐与愁肠无法言说。邱老的孤独，就是在享受一盏可以让他灵魂沉淀下来的沉醉。

难怪，日本茶道鼻祖千利休将追求"无上孤寂"作为最高审美。

它是一种语言，集天地之精华，道尽千百年来孤独圆寂的悲鸿。

当如邱老这样吧。孤独里，与灵魂在丝丝对话，与另一种孤独深刻私语。

孤独的境界，一个人邂逅了另一个真实的自己。

像一盏好茶。孤独静看生命的大合大开，那一叶的独放，灼灼其华，暗香盈盈，天地华宇间，把生命的价值抬高到一个自己从未领略过的高度。

孤独不是姿态，是一种境界，是心灵的一份诗意的栖居。因此不需寻找什么特定的安静的角落，一盏能与自己相欢的好茶，胜过万千回饕餮的盛宴。

真正的孤独不是温饱后的无病呻吟。孤独是灵魂的放射，理性的落寞，也是思想的高度，人生的境界。

孤独与孤独相见，都是故事的对话，都是灵魂的共鸣。彼此间孤独的世界里，相对无言，其实已经是在内心进行一次又一次激烈的对话。

茶罢，我带着无尽的留恋，依依不舍无声离去。

有些读者曾这样问我：为什么您的文字都带着一份冰清的孤独呢？

听罢，我只付之一笑。

就像刚刚开始，我不理解邱老的那份独特的孤独一般吧。我想，文字也是一盏茶，与高马二溪的韵美系同根生吧。

孤独的人与茶邂逅，心与心的交织，惺惺相惜中缠绵不休，教人流连。

恰似，佛见禅开，心皆入定。

三千风月，不抵一幽清孤

清孤，它是处在万千浮华中的静定。在常人眼里乍看不起眼，在明者看来守得住清孤的人，却显得弥足珍贵。

八百孤寒，尽管太凛冽，而清孤的独行，心会向暖。三千风月，纵然太奢诱，清孤的不屑，心也会丰盛。

守得住清淡的人，至少不贪念灯红酒绿之下的翻来腾去，也不会纠结尘嚣中的躁动不安。这是本质上的清心寡欲，尤其自强独立于世。

清孤，安之若素，极度安静。如修成禅定，竟成妙和。

饮罢一杯浊酒，且看尽繁华，品尽一盏清茶，已透悟红尘。孤傲清净的骨髓里，容不了糜烂的声色犬马，骨质里绝没有半点虚空，厚实与丰盈凝结成美轮美奂的躯体。

没有谁愿意沉寂一生，最终也因沉寂奠定而成就腾飞。也没有谁喜欢孤零，最后也因孤零透悟世态。

换句话来说，清孤的人看似不合群，实际上他心有亲离感，太亲近的频繁接触的关系反而易瓦解，因为熟到没有间隙了，没有应有的距离时也就轻薄了，一旦轻薄就乱了礼节。

人们往往也更愿意去信赖清孤的人。与浮躁骄纵的人相比，清孤的人更受到别人的注重和依托。也只因为，清孤的人，驾驭得了蠢蠢欲动的浮躁，在他那里所表现出来的都那么的笃悠悠，定然然。

清孤的人寡言。内心不会是贫瘠之地，它的富饶，是尘世间任何有声有色都难能去与之比较的，他不说，只是不愿意去说，却都了然于心。

从表面来看，巧舌如簧滔滔不绝的人似乎更能引起人的注目。但是，始终，人们从内心去关注的还是清孤的人。因为，清孤的人，可以孤处一隅，万人皆醉，唯他独醒，不会有哗众取宠的飞扬，也不会有得意忘形的乖张。

不愿逞能，不好毕露，清孤的人向来以低调为安身之本。识而不破，锋而不示，清孤的人向来以收敛为立命之道。

胆敢横刀立马在风口浪尖的人，往往不是躁气横扬的人。更多时候能把一件又一件棘手的事处理得妥妥当当，并提升出品质，从而又能勾勒出神奇的色彩，都是那些向来看似寡言少语而不起眼的人。

清孤的心，是一种寡淡矜清。不是骨子里的趾高气扬，横眉冷眼。骨子里的清高，才有节气。他的节气是宁可高傲地行活，也不卑躬屈膝地迎附，更不为虎作伥，为非作歹。所以，清孤的人态度硬朗，绝不会是唯唯诺诺，咋咋呼呼。

一个人的伟岸铸成的阳刚之气，方能处处飘扬着伟力。那么，清孤便是阳刚所折射出来的那股浩然之气、清高之风。

一个人倘若是徜徉在软弱之上存活，毋庸置疑，他的整个人生不是投其所好地取巧，就是见风使舵地溜须。整个人在生命中没有了章法，即是百般的缭乱，自然，生命就会在沦陷中挣扎。三千风月，不抵清孤。贪恋于风花雪月、觥筹交错，固然也是一种活法，但也仅仅是一种寂寞难耐时的寄托。当繁华落尽，凄清自来，往往会惆怅万千。按捺不住内心的狂躁，自然享受不到清孤自生而至的幽雅、正清、矜贵……

大自然，是隽秀，是清孤。

你仔细观赏啊：萧竹，因清孤不慕嫣红而生来有节；清泉，因清孤不慕浩瀚而自生清冽；孤云，因清孤不慕急流而自如舒卷……

扼得住孤独，守得住清淡。即使四面苍墙，也能听闻到鸟语花香，溪泉潺潺……

一颗有着清孤生命力的芽苞，无论处于多么贫瘠的土地上，也会生根发芽，就算风雨再猛烈，也同样会傲立着生命的伟志。相反，没有清孤的内质，就算是富饶地灌养，生来也扭扭捏捏，待风雨袭来，零落不堪。

洗尽铅华，恰是清孤。当凄清降临，是一种享受，而不是躁狂和恐惧。智者生存，向来随遇而安，颇爱于品味清孤，在孤独中能闪烁着智慧的光芒，灵魂上的复苏将会灵现灵动，心灵深处的声音极具通透。

清孤的人，实际上就是魂魄中的高贵者，品格上的至圣者。

一池鱼的江湖

一池水，一江湖。

活在池中的鱼儿，欢然跃愉。空间的局限，阻挠不了它们的跃游与追逐。它们有它们的生存方式。

一池水的生活，却能演绎出独具一格的个性世界。

闲时，我十分喜欢坐到一旁，观赏书房门口的鱼池，把砖墙朽木做成残垣断壁，再把热带雨林的丛草乱木结为一体，既沧桑又极富自然。鱼，放游于池，恰亲临归处。

那是，一个鱼和水的世界，一个斑驳陆离、云波诡谲的江湖，一个暗藏玄机、无情杀戮的群体。

从观赏来看，虽供于赏心。但，禁锢于池缸的各类鱼儿，却有别样的江湖传奇。每每静赏，只好静坐一旁，不敢嘲弄，不敢戏谑，静读它们的爱恨情仇、江湖恩怨，大智大慧上的博弈。从此，领悟更多江湖事。

鱼缸里，我仅养四种鱼儿，每种若干条。名叫地图鱼，鹦鹉鱼，招财鱼，还有银龙鱼。各种鱼鱼身标识着纹路，鱼鳞异样，甚是精致。瞬间，斑斓了整个鱼池的景色。

地图鱼生性威猛，个不大，灵武着。鹦鹉鱼、招财鱼，稍是温雅，不问世事一般，你玩你的，我玩我的。银龙鱼，个子硕大且强健，游奔生风。

最初，各自游玩，看似各不相干，不相往来。不久，鹦鹉鱼、招财鱼自结一体，似乎是打得火热。而地图鱼，稍有个性，自成群体，谁都不屑往来。银龙鱼，亦然。

这个江湖里慢慢演绎着残酷、自私、贪婪的一面，它刻写在岁月的城墙上，无情地在现实里暴露得一览无遗。

无论采取什么方式来生存，总得先吃饱穿暖，这是最基本的生存需求。其次，有个自己的栖息地，交三五志趣相近知己，共行走这个江湖。

平时里，我隔三岔五会喂鱼食，鱼食都在一定时间投放，有食物的日子里，鱼儿们倒都自得安然，和谐共处。

有一阵子，我忘了喂食。某一天，鱼儿饿了，觅食。说白了，就是开始为觅活争斗相残。地图鱼先发攻势，欲吃了招财鱼，招财鱼怎能屈服，逢战必应，逢攻必攻。几经轮回，双方不败也不伤。（在刻意追逐利益面前，总会树敌，利益有多大，敌手就有多大。）

地图鱼知道，旗鼓相当，先按兵不动，蓄势待发。一转头，开始对鹦鹉鱼攻击，鹦鹉鱼几次应对，都伤痕累累，每每都是从招财鱼那里搬来救兵，方能保得一时安宁。（惯常恃强凌弱，总会有强者来抗衡。）

银龙鱼，倒是悠哉，不惹谁，也没有谁敢来惹它。它独处观战，隔岸观火，不闻不问。（有些从表面上来，不问世事，不沾尘嚣，实际上暗藏玄机，欲坐收渔翁之利。）

于是，分为三方派系，形成三股势力。（志趣、爱好、性情相近，自成同体，同仇敌忾。）

随后，招财鱼与鹦鹉鱼同盟，地图鱼、银龙鱼各自为战。

最开始，地图鱼先掀风波，很明显，不动不攻性命难保，不吃不食更是要命。鹦鹉鱼一直都是它虎视眈眈的食物；招财鱼则是它的对手，难以较量高低；而银龙鱼体积庞大，它从不敢招惹。

这是一场生与死的较量，在无声中慢慢进行着。关乎生命，关乎权利，关乎地位。都是致命的需要，缺少了就性命难保。几种类鱼，各自为营，各取所需。（任何生物总有自己的需求，表现与不表现，说与不说，其实都藏匿着，也都明白自己想要些什么。）

地图鱼，一直与鹦鹉鱼周旋不休，招财鱼三番五次都率先相助。久了，倦了，每次都帮，鹦鹉鱼从不强大自己，久而久之，招财鱼开始睁只眼闭只眼，不想再去理会。最终，鹦鹉鱼还是慢慢给地图鱼吃了。（谁都需要同盟。帮太久，会厌倦，也慢慢失去同盟应战的誓言，在生死面前，谁都不是谁的靠山，谁都不是非得用生命去为谁排忧解难。）

经过几次猛烈的攻击，鹦鹉鱼丢盔弃甲，溃不成军，一个个给地图鱼做了盘中餐。（即使就是同类，为了生存，不惜背着罪名也要保证食物的供给。如果不攻，那是自陷，当群体的利益受到威胁，生命也就危在旦夕。不惜代价也要保全生命，掳获生命的物资，这就是变得更强大富有的手段。）

地图鱼，本性上贪婪，不择手段，于江湖里皆知。鹦鹉鱼，于这个鱼池里慢慢被消灭吞没，从此这个江湖不再有其踪影，且落下懦弱无能的骂名。（强大与弱小的较量，往往强者得势。江湖太小，总是有纷争夺取，不是谁去招惹谁，不想招惹也会有其他伤及。不强大，迟早会抗拒不了残酷的吞没，就如鹦鹉鱼太享受安逸，最终导致悲惨的下场。）

到了某天，也许是地图鱼已饥肠辘辘，矛头直指招财鱼。几番对峙，几回激战，可就是难以啃下早已虎视眈眈的对手，毕竟双方势力平分秋色，不分上下。（贪婪无度，会成疯狂。就是不知道是在挑战自己贪婪的手段还是在挑衅江湖的平静，倘若两者都不是，那么，应该是生命将近岌岌可危时的扭曲，原因也就是，那群势力正在成为它安全的一种威胁。所以，先下手为强，否则惶恐不安，浑身不自在。）

隔几日，我出差几天回来，匆忙到鱼池去看个究竟，乍为一惊。正见，银龙鱼在津津有味咀嚼着地图鱼的躯体，无一幸存。（有时忘了别人强大的存在，无法无天，肆意妄为。我想，或者是地图鱼作恶多端然成自虐吧，最终逃不过报应，避不开强大的来袭。不堪一击，源于不自知、不自制、不自律。）

招财鱼不生是非，独安一隅。然而，也逃离不了与银龙鱼的对决。只是，招财鱼在日以继夜里避开锋芒，不但没有遇害，而且毫发无损。（也只因为，招财鱼能居安思危，保持着高度的警惕，不惹是生非，不恃强凌弱，纵然银龙鱼频繁攻击，也能进退自知，游刃有余。）

到了最后，剩余下来的，仅仅是招财鱼与银龙鱼。假如，银龙鱼不对招财鱼进行挑衅，我想招财鱼也会丧失高度的灵敏。如果，仅仅是剩下银龙鱼，这个江湖里哪怕它拥有再高的地位与权力，都不会再有谁去应和和承认它的权威。

也许，银龙鱼知道，偌大的江湖里，如若仅只有自己的存在，即使封王称帝也会随之寂灭，那是多大的孤独啊。（生活，总需要有竞争，也需要有对手，更需要欣赏。就我来看，银龙鱼想吞食招财鱼理应不费劲，可以让其荡然无存，可银龙鱼有大智慧，偏偏就留下招财鱼的命，让招财鱼命悬生死，又让其折服。留它一命，不必置于死地，也为彰显自己的强大与慈怀。）

这不，一池水，也仅仅是池中鱼物，都有不休的争战。有人的地方，都会有江湖。不论尊卑，不分身份，也不分界地，不管是隐在山野的村夫，还是处于朝中的重臣，都是这样的生存法则：邪不压正，弱不凌强，魔不胜道。

无论在哪，你都需要变得更强大。江湖处处有争斗，你不惹别人还行，当别人惹你时，至少能以退为进，避开纷争，保护好自己。

一池鱼的江湖，诠释出江湖里全部的阴险与光明，邪恶与善良，贪婪与淡泊，浮躁与宁静。始终，唯有强大与慈善能幸存下来。

江湖冷酷，人情冷暖。谁与争锋？何必争锋？

这个江湖啊，无论多么险冷，最大的成就是能保护好自己。最大的能耐，就是不卑不亢，心向着暖，那样的侠骨雄风不请自来。

行走江湖，虽波诡云谲，但若不忘强大，不失本真，自己就是江湖的君王。

疼痛中起舞

你身边能有多少人在你的世界里行走，取决于你的世界的大小。

世界很大，自己的世界却很小。更多时候，甚至连呼吸都是疼痛的。无法去寻找一个释放的出口，憋着痛，太久了亦成脓疮。

很多时候我们常以个人的世界审视这个世界。个人内心疼痛了，也认为全世界都应该疼痛，随后愤世嫉俗，心生偏颇。这就是，疼痛后的恶性，千疮百孔。

有的人对外界审视评判，认为尘世充满欺诈，凡事凡人伏藏着处处陷阱。概括而论，即是对尘世怀疑，但现实中又离不开尘世生活，生活也从此杯弓蛇影草木皆兵，诚惶诚恐也就是一生。

不是所有的疼痛，都可以呐喊。你的心声，不是宣泄疼痛的出口。

世间有善美，心中就拥有善美，心中对万事万物充满着亲近，拥之自然，热爱生活。可以想象，一个对世界万事耿耿于怀的人，那必将是难以安宁。

尘世的疼痛，本身就存在。没有一种疼痛只会随从缠绕一个人。抽丝一般地轻松生活，首先需要一种心态，这种心态往往不是对世俗存在偏见，而是心灵随然笃行。

静看世变，心怀平常，这人间就风烟俱净。因为世界不是谁的唯一重心，世界从来就不会因某些人而停止，少了谁，一样可以按规律运行。

你的疼痛，不是世界的疼痛。换句话来说，你的喜怒哀乐，也仅仅是你本身的喜怒哀乐，与生活无关。

有的人一念之间，乱了方寸。美与丑，善与恶，也不是个人可以评定的，世界万事万物由众生去定论褒贬。天地之间自有衡量之处，自有分晓之时，公道在自然而然中昭告。

心若对了，多大的疼痛，也都看成了自然。世界之大，无奇不有。福兮祸所伏，喜极悲有隐，得尽失所藏，有善良必有丑恶，有君子必也有小人。这就是社会的现象，你不认同，但也无法改变，你需要与世俱进，就必须与物接轨。

万象相生相克，始终不变的一点便是：奸同鬼蜮行若狐鼠，上善行流心安理得。小人有小人的活法，君子也有君子的活法。一种是只有自己的世界，一种是世界有个自己的位置。

或许，你见到或是听到的不是你想象的那样美好，又或者是你理解这个世界有你自己的理解方式。无论怎样，每一种痛痒问题都是与心态息息相关。

你主宰不了这个世界，就只能善待生命的一切。有些人有些事本身就不是你可以去说明，那是你在自己的生活里拎不起，也在他人的世界里撇不开。因此，无止休地疼痛着生活。

人的疼痛，皆是平常。若心快乐，也会把疼痛当成一种享受。疼痛了，当成一种无奈之中的享受，享受的是咀嚼疼痛时产生的深刻。

每一种疼痛，纯属个人心生。没有谁有理由要求世界也随着疼痛，这不是公平，而是偏执。更不会有谁，一直去倾听你的疼痛之事。

纵是疼到彻骨，也是生命所应承受，生活必须要你疼痛，才足够刻骨铭心，往后的生活才会慎行慎进。

万事万物的变故也能看得坦然。这个世界，对于每个人而言，都会有不公平的事。因此，生活里每个人都会有过疼痛。生活，若是没有波澜，那才会束缚了人抵挡挫折的本能。

疼痛，是成长必经的历程。你的世界，若要幸福，就先要经历一番蚀骨的疼痛。疼痛的意义在于，愈是疼痛，你的心智愈发成熟。

真正的生活，是在品味疼痛中去超越疼痛。也唯有懂得品味生活与超越自我，你的生活才会有声有色，随之变得有滋又有味！

智者的生活，顺世应变。每当疼痛时独安一隅，不悲不喜，不形于色，疼痛每每临近仅是拈花一笑，循风而去。

人生，是磨难在枝头上，被晾晒成了枯骨，那是最坚韧的骨节。无论走过多少坎坷，有过多少疼痛，有生命的日子里，有风有雨，也便会有阳光，有花香，有蝶舞。

始终相信：生活，不临绝境，难见真境！

女人的英气

初写下英气这两个字，两个字在纸上跃然得是多雄楚，就有多豪迈！

像帅将，威风八面，像悍马，纵横天下。英气逼人，那抹支撑起的气质，应该是铿锵有力的风骨。

从她骨魂里逼出的气血，是烈焰一般的热量。不用走太近，也不去细测，就自然燃升出那一分熠熠生辉的灵武来。

如果是女人，我想她通常表现出的一定是飒爽英姿，不让须眉。而这些，也应该是胆识与智慧的嫁接，才能孕育出英伟的果实。

女人的世界里，所谓的精致，最不可或缺的是英气。

在平常人的身上，即便是用万千的附加品来修饰，都抵不过从体内自然流露出的那一分气场。不需要去解说，光一见，威强就映入眼帘。英气，才是生活中最稀缺又昂贵的品质。别在胸间，该是多俊俏！

女人，一旦有了英气，就不容易枯萎。任岁月荒芜，纵是容颜凋零，心灵也不失蓬勃的朝气。纵是千帆过尽，那帆影仿佛是一阵和煦的春风，抹着眼痕拂过心头，同样是诱人的风光。

对的，我们不去否认，于人山人海中，在潮起潮落里，当人离去，繁华落幕，当潮水平落，枯干乏味的寂寥席卷而来，唯有用英气筑起高墙，那些躁灼、无聊才会望而生畏，不敢前来。

英气，不需要援护，可以孤立抵挡寒风与凄雨。英气，是在无情岁月里走出来的独立，也是看尽人情冷暖后的坚强。

我想，有英气的女人也一定编织过不同寻常的故事。这情节无论是峰回路转，还是跌宕起伏，都极其精彩，引人入胜。关键在于，她巧妙地把惊心动魄的过往，表现得不着痕迹。然后，用不平凡的经历来沉淀惊情恶险。再然后，故事的结尾成就真、善、美的圆寂。以往的岁月再无情，今后英气仍在空中风发，飘扬着恰当的伟力，纷呈出似水的柔情。

英气，不受妒忌恨，不惧飞短与流长。她的风骨，百般的阳光，每每匝地，都有着分明的态度，无论流转千古都掷地有声。对，是气，却又能说话的气魄。她的魂魄里，张弛有度，孔武有力，却从没有毕露的锋芒。她是贮存在骨子里，不是表现有色相上。这样的人，人们往往更愿意去欣赏，更喜欢去亲近。

这绝对不是用胭脂泪、娇嗔怨来取得谁的供给。多么娇美的容颜，多少艳丽的装束，与拥有英气的人站在一起，是多么的不堪一击。

英气，是什么？英气是精神上那股热烈沸腾的血液，摇曳着大红大烈。是灵魂深处那根至洁的枝柯，向蓝天径直索取着伟力。那是搏动的心，是一朵不凋零的春花。

"不行春风，难得春雨"。你要知道，她用德行来沐浴，用坚韧来浇灌，用挚爱来孕育，用奋然来勃生。她，于这个自然界里抵得住任何的恶性侵犯，从而生长成苍翠欲滴的独秀一枝。

一个人的英气，萦绕在眉宇间，言行举止都落落大方，与众不同。她呈现出来的不是凌人之气，不是傲娇之态，而是有态度的生活，实际上这就是一种至高的格调。

不渴望谁的拥簇，不乞求谁的怜悯。处事利落，不忸怩；立身干净，不落俗；生活独立，不奢靡；骨魂阳刚，不屈尊。

她走在岁月里，不论深浅，无论得失，都是豪气干云，风行天下。别在胸间就是最精致诗意的针簪。顿然间，灵气升腾。

女人，最耐人寻味的，莫过于在眉宇之间透传的那一股灵动英气，在生活中淋漓尽致地体现出大气的美，在人生长河里掀起惊心动魄的浪花，而生活却是云淡风轻的惬意。

英气的人，非比寻常，极致独秀，不悲于耕耘，无谓于攀比。于这个岁月里，不惧风吹雨打，行云流水一般地优雅站立。那是一道多么曼丽静好的风景啊。

一旦有了英气，这样的女人就可以驾驭起生活个性，绝不在柔弱与黯淡当中苟活，浅笑报对生活中的是非、对错……

不必刻意追逐些什么，若拥有了英气，生命中所属的东西，自然会盈然在握，迟早都会来。

拥有英气的女人，本质上就是花中魁宝。不必游说炫耀，本身就已经英姿夺目。

春，撩序

走过隆冬，走过冰冻，待得春风复来，新绿悄然遍及在山冈上田野间，只为那一声缘于生命内部的雷动。恭迎着春天迈出曼妙脚步娉婷而来，也只为等你而来。

春临至上，盎意翩然，草长莺飞。"律回岁晚冰霜少，春到人间草木知。"溪水潺潺，蝶舞百花，莺鸣林梢，遍野流转地穿过云霄，春便曲婉悠悠地着手推开一年始计的帷幕。

枯黄尽落去，清新又朝来。林花朵朵着雨燕，湿滴娇眉羞，新芽点点，水草牵风，一片绿翠映长。返还绿色的生命，一派绽露新生的生命，承秉着自然的造化丛生竖直，气势恢宏点缀着景象，熠熠生辉。

春色来天地，浮云变古今，春色撩人，万物复苏，百般红紫斗芳菲。绿色生命归到真善美的原生态，感受生命成长的勃勃生机。此时，又掀起一轮激发生命的前序，毫不逊让地推移前行。

阳春恩泽，万物生光辉。春，把沉睡的花草唤醒，把万物滋润得盎然有色。瞬时，也把过往的成败荣辱的历练筑成一种美轮美奂的气魄。

尔后，惟妙惟肖地镌刻着神幻，在和风阳雨的洒落滋养下，蕴编着一曲悠长的韵律。那是谱唤起生命的勃然奋励，滋泽成生命的至高德行。

杨柳青，草如茵，曲音也悠长。当春带着她特有的新绿，海一样地漫来时，真能让人醉了心；当春携着她特有的温煦，潮一样地涌来时，也能让人销了魂。

"天街小雨润如酥，草色遥看近却无。最是一年春好处，绝胜烟柳满皇都。"日月如梭光阴似箭，走在春分里，恐时不待我，遂与春共行。

诗人有云：没有比行动更好的语言。春的序，一定是温煦人间的平原，每一处都是春华景致的笑靥，期待我们去领略、去搏击……

唯只争朝夕，策马纵横于千山万水，高歌猛进与春的序曲琴瑟和鸣，共舞同行。

高攀，并非望远

先说，高攀不起。

从某种程度上来说，当然不是真的高攀不起，而是没有这个必要。

高攀在别人的枝头上，终究会承受不了反而摇摇欲坠，惊魂不定。

高攀，不是有惊，就会有险。因此，所有的高攀都存在戏谑的风险。

离开了谁的枝头，就不能眺望远方？借助攀附得来的登高，并非可以望远。若心灵不能体会，眼界所到之处，又怎么会当凌绝顶，一览众山小？

心界有多宽，眼界就有多高。

一个人真正的高度应该是这样：

精神的高度，无疆无际，可以把大好山河，瞭望到无穷无尽；

灵魂的高度，拥揽苍生，可以把天地人间，融合到辽阔的心胸；

品质的高度，宽广浑厚，可以把世间荣辱，捻成一朵清雅的禅花。

这是不可争议的事实。

心界，取决于眼界；高度，取决于宽度。宽度，可以把一个人的高度无限地构筑起来。然后，放望到无边无际。

高度，恰是屹立在风雨中千年不倒的古塔。茫茫江汉上，方圆几百里，唯独它雄姿英发，它在苍穹之下延伸着它那巍然的伟岸，风发出无声霸气。

它的雄武，能让芸芸众生高仰，一定也是因它脚下那盘旋于地的根基。别忽略了，那是它的宽度所形成的气势恢宏，勾勒出这等的威风八面来。

人世间，最不堪言的就是寄附在他人的光辉下苟且偷生。说到底，那是自我的沦陷。

也因为如此，生命蜷缩在他人的脚底之下，卑微成一颗微尘般无足轻重，妄求攀附盛世长安。

这样的悲哀，不是生活不忍视，而是别人的鄙视。

凡人行世，威武乃刚。

铮铮铁骨，就能闪烁出金属的光芒，万丈的光芒，永远在这个世界里映人眼帘。

不卑不亢的情怀，绝不会凭恃在他人的世界里折眉哈腰。

他人有他人的富贵，你有你的富有。本不相干，何必高攀？

不见得所有的富贵，都能盛享内心的富有。富有的人，在尘世间可以隐于野，与山水相伴与田园相栖，心无旁骛宁静致远，多么快活？

别人有别人的饕餮盛宴，你有你的浊酒淡菜。价值多么昂贵的洋酒，与你那半斤村野浊酒都一样地会让人醉。

一个人的宽度，有着共同的态度：

别人有别人的盛典，你有你的清欢；

别人在热闹处翻腾，你在清静处独酌。

不同之处在于，他寻众人，众人寻他。两者之间，前者喜外，后者养内。悬殊的是意义上的天壤之别，性情上的棱角分明。

不羡慕，不贪念，不虚荣。这样的高度是无穷无尽的清静，远远高于他人的盛世欢歌。他能抛热闹于云霄之外，怎么会去恋恋不舍那一阵浮华的狂欢？

真正的高度，不屑于声色之上的光华。他的高处，随时可以直接抵达内心的通透、浑厚、博大。这句，我信。

任何人都可以站在自己的巅峰上召唤高度，摒除掉外面的觥筹交错，把内心的宽厚无限拓拔。

一颗广袤的心，恰似万里无云江山多娇。他自己本质上就富有，富有天下的宽广胸怀，着眼放望那些千山万水，皆藏在心间风采如画。

何必借来高攀，来附和自欺的卑微？高攀，并非都能望远。

始终懂得，别人的肩膀，永远无法衬托你的高度。只有博大的心界，可以让自己眺望万里而心有所得。

将相本是无种，除非你愿意做一枚他人手下的过河卒子。

"穷且益坚，不坠青云之志"是一种精神；"志者不饮盗泉之水，廉者不受嗟来之食"也是一种精神。

一个人站得多高，不是就能看得多远。一定是，心有多高，就能望得多远。

人生的路上，那三千里亭台与阁楼，五千里风云与雨月，将逐一尽收于眼底。

愈是高攀，愈是岌岌可危。纵然所见，也只是一斑。

生命不息，奋斗不止。在自我的领域里脚踏实地，你就能登高望远。

盘旋好自己的根基，支撑起那些茂盛的枝柯，才繁花不惊，生动婉约。

这样的高度，是遒劲，是刚毅，是延伸，是取向。也是，众人所孜孜不倦追求的高度。

如果，我们没有自己应有的高度，那么，除了对生活的百般仰望以外，剩下的只有对别人无尽的仰慕。那样的我们，在生活里在他人处，只能在无为中甘愿俯首称臣。

这么说来，我们不可能会成为自己生活的君王。

了不了

这人世间，最折腾的事情莫过于想了而了不了，以为已了了可又还了不了。这样"了不了"尤其纠结人心。

有些事，尽管已了，心却难了清。不是经过的每个人都能了过无痕。无论伤痕或是爱痕抑或是恨抑，总会有一抹难以了去的心结。这就是生活，必须历经的际遇。

这个世界上，所有的人与事，了不了与了了，完全不是用拿起放下来形容，因为做不到这么从容。人过事去，不是一阵风，而是一种植入脑海的或深或浅的记忆。犹如，一颗石子掷置大海，即便不会惊涛掀浪，也一定会有波澜涌动。

这也不能说就是优柔寡断，纠缠不清。忘记，并非忘掉了；了了，并非了得了。伤过痛过，爱过恨过，这个"过"只是一个曾有，既然是曾有过的过去，也便深刻。也正因为深刻，所以难忘，所以念及。

有些事有些人，你不愿想起，最终还是不经意间又想起，了不了的原因，其实早植在脑海了，你挥不去忘不了，浓烈抑或清淡，就看某个人某些事，你存放在脑海里的远近与深浅。

有些了不了，说好了必须了，看似身外已了，只是内心了不了。岁月流转，或许可以让你慢慢淡化，但当又走近过往时，忆起又难了了。

奈何桥，忘情水，孟婆汤，只是一个神话。不相信有来世，今生种种孽缘也好造福也罢，回忆也仅此生。

风烟流转终是迂回沓来，雾锁万里也会周而复始。兜兜转转了不了，只因为有思想的沉淀，记忆的作蛹。由浓变淡，由淡化浓，所有的这一切都难以了了。

纸张上的人生，所有过的痕迹。人生，不仅仅有一马平川的草原，也有曲折百转的小道。人生到了最后结果如何并不是最重要，叫人流连的是所有历经过的种种，仿似一道又一道的风景。

不一定只有美好的过去才是风景，旖旎的风光，应该也有风有雨，有云有雾，最后才有阳光普照。

镌刻在脑海里的一切，当任一扁方舟去观赏。有一天，你会感谢，那些了不了的情景时而盘旋在脑海里，就算不是你最感动的，也一定是构成你整个人生的一道风景。尽管不撩人心魂，这座山，这道湖，这片树，却是组成你人生的必须存在。

了不了，不是放不下。了了，也不是真的就能放下。了与不了，所促使的不是警醒，就是鞭策，再不就是怀念。

生活的笑容，只会回报给懂得尊崇过往、敬畏未来的人。当一个人行将就木之际，忆及过往，能不愧于心不悔于过，了与不了微微笑过，便是最大的安然。

心安理得于过往，这一生便能贴近宁静安详。不必质疑纠结，不必耿耿于怀，不必留下怨恨。每一段路花香鸟语，自然心旷神怡。

了不了，不因为了了才是真正的结果。你必须知道，有些了不了，才更能让宁静活到繁花处，点缀起那一朵怒放的生命。

说白了，人生的玄机无非就是，了不了即是了了，了了也是了不了。这两者就是生活的旋律，经人慢慢去悟……

不问不伤

有些话，只适合缄默。某种程度上，说与不说，天壤之别。

一语道破天机，未必都好。大辩若讷，藏巧于拙，不必道破，不漏玄机。留人一线，为了更好地了然。

别去问不该问的话，别去尝试打开别人本身就不愿意对你打开的心扉。隐私，永远是除了他自设的密码以外，谁都无法解开的秘密。

你若真的想懂，只有一种方式可循，别去问，只能等。

别人愿意说，你自然懂。不想说，你别问。那是别人的内心世界，如果他要说，也一定是能够完全放心恰好又想说的时候。但，并不一定非与你说。

你别去追问，若问，自讨无趣。

我想说的其实就是，你把他当成了心上重要的人，关于他的喜怒哀乐都为之所动。问题在于，别人并没把你当回事。

你看好别人，别人并非看好你；你看高别人，别人并非看高你。你纵然是多么地掏心掏肺，别人有可能觉得你另有企图。

人性的复杂，不是靠自己的认知可以衡量的。复杂，就是没有具体的标准，黑白与对错，各抒己见。尤其是利益关系的争执，每个人维系的立场大致上对立相悖。

这就是，各自的原则问题，不容侵犯。在每个人眼里，都无比地神圣。

你别问，问太多，连对错都分不清。不问不懂更安然。若真问个究竟，尽管别人说了，那更不懂。有些事，懂得愈多愈是凌乱，关键在于，所问所懂是否真是出自于别人内心所述说。

话，是人说。只是，有了违心与扭曲，有了添油与加醋。然后，认为懂得所有的话，实际上那都不是人话，是鬼话。

诙谐的是别人不想说，你何必去问？问来的鬼话，你懂了会心伤，那是自讨苦吃。说白了，别人不必要和你说真话，原因是你在别人那里还达不到与你如实对话的关系程度。

这就是周旋，人往往就为周旋而神伤，而憔悴，而恼恨。你若非懂不可，结果愈发不懂。

别去问，尤其是别人不想说的话。不必过度深究与你无关的话题。

别去问，就是识趣，它是一门高深的处世学问。

听，永远高于问。善听的人，往往能走到真知灼见的幽深之处。

用善听来思考，像一个人需要懂得一个事，他义无反顾一直走啊走，走进幽深的通道里，带着思考，带着剖析，哪段路有个坑，有几株花草，有几扇门窗，反复行走之后对这条路的点点滴滴都已了如指掌。

因为坚持，因为思考，他就是这个不用去问却又最了然于心的人。然而，问得太多，大致上借他人口唇得知，不加思考，信以为真。然而，并非如此。

独立思考、独立空间都需要保留。

别去问太多，除非可以完全用问来弄清楚。

有些沉默，其实已经是在说话了，答案就是不想说。这代表着不想让你知道，或者是不想让你现在知道。

识趣的人懂得察言观色，因此，说话适可而止，做事恰到好处。

用心相待的人，你不用问，他会说，你若不想懂，他更会给你懂。这说明了不是你想知道，是他愿意与你推心置腹。

最相信你的人，一定能让他足够地放心踏实，所以，彼此间从来没有掖着藏着的话。相对的世界里坦坦荡荡，开诚布公。

愈是想从他人处得知一些话，愈是难分虚实。于是，在这本来就不完整的一星半点里寻找残缺不全的拼凑，不痛不痒中不清不楚。心结，太多几乎是自己亲手来缚绑，也唯有自己才能解脱。

别去问不该问的话，也不用深究不应懂的事。有些事，在他那里不该让你懂，你不必陷在自己的好奇之中，就算问得来也不会太真实，最终你只会在自我的揣测当中，找不到想要的答案。

别去问，留人一线，名自相宽。

别去问，以免也是，茫茫相宽。

掏心的话，只说给相对可以掏心的人听。掏肺的事，只能是相应可以掏肺的人做。

人，并不都是复杂，复杂的是按捺不住那颗蠢蠢欲动的心。

不问不伤。识趣，不招讨嫌。

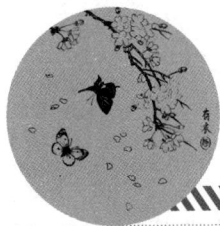

第三辑：心若游龙风自来

识人就像照镜子，你是什么样，镜子里便是什么样。

在大非的世俗面前，纸醉金迷是幻想，沉淀方是人生的根本。

亲间有别

人生在世，纵横其间，能进退自如者，仅仅因为：亲间有别。因此种种际遇，则会风烟俱净，于苍穹之中飘扬着自然的伟力。

自己的生活，绝断蛮烟瘴气的缭绕，心情像处在幽谷逸林当中，沐浴鸟语花香，姿态放置在旷世山野之中，阳光匝地，大开大合。

人之所苦，在不自然里滋生：名缰利锁之苦，求不得之苦，放不下之苦，爱恨别离之苦。

最大的得，顺应自然。最大的失，违背自然。

一旦扭曲勉强了心，得来的，也是始于耻，终于辱。

且说，为利亲近。

人，有贪婪。

好得一塌糊涂，往往不久也会支离到一塌糊涂。无论多么稳固的黏合力，在两个独立的世界里，只要是与利益相关的往来，大多也会不欢而散。

当贪婪的狂热与图谋的蓄意相遇，奔着同一个目标同行，这两股热力看似相得益彰又恰是各取所需，谋合一碰撞，当中也因起始的利而各守欲念。最终，为利而亲的心，也为利而相残较量。

所有的亲近，一旦有图谋就是利用。多么热烈的亲，都会落下仇怨。

曾经相好得亲近无间，原来都是奔着共同的利而来，却又奔着利而去。也只因，都窝藏着为利而各自精计的私心。

操戈，反目，纷争，积仇，在所难免。亲，看为什么亲，最初的目的需要纯净，也总得有间才不至于崩毁了原来百般的好。

所有的崩毁，无论何种原因，自己的世界，因此决堤，守不住底线，就流落不堪。

又说，为名亲近。

人，有虚荣。

盲目崇拜一个人，有些人可以无度效仿。甚至，不惜一切代价与之亲近。无非就是一头钻进别人的世界，为自己的虚荣心沾上一丝辉光。

其实，这与一个丧尽尊严卑贱自我的人相差不远。

在别人的世界里无度沦陷却毫不知晓，还自以为借得一个人的名气可以辉映自己的身价，以此欺了名以为能高人一等。

在别人那里凭恃些什么，就会恐慌些什么。小心翼翼，也只怕辉光不再映来，因此，宁可奴化自我的风骨，也不敢活出自我的风范。

原来，奔着名来啊，以至于去奴颜婢膝。那是，活着受罪，活生生地自冠罪名。关键是别人从来没有把你融入他的圈子里头，你只不过奔着名而来。

悲哀的就是，别人的盛世名望，不是靠亲近、呈贡上卑心来追随所成就的光辉岁月。否则，别人会黯然失色，因为，别人的光芒不可能为谁而散落，不管你自认为与之多亲。

曲终人散，你还是你，他还是他。并没有因此改变了你的命运，你始终还是要回到自己的生活之中。

捞不着任何好处，却游离在自我的边际，徘徊不定，左右为难。然后，无尽惆怅。

亲名，随人。却不如，亲己，随心。

再说，为情所困。

人，有依赖。

一个人还没有足够好，难见命中的真命之人，或者就是恰好的机缘未至吧。习惯爱好相近与否，看后来的磨合，共修得百年同渡，真是不容易。也仅仅有一个人可共渡，其余所有都只是过客。

当，情帆过尽。别说，谁伤了谁。应该是，本就不属于生命的人，不用放进来，放下才能够轻松抵达幸福的彼岸。

谁都不是你的彼岸，也只有自己足够地好，你才能安然依靠在自己的港湾。

遇见太多的错，才能慎重自己的选择，也包括不把青春放在虚无缥缈之处去苦苦牵强。

所有的错，都是为了以后的对。这不是错失，而是本就不属于，不归属自己生命的那个人。

爱到轰轰烈烈，不见得可以一生相依。陷得太深，难以自拔。于是，情困，心累，神伤，痛苦随着纷至沓来。

原以为，可以用一心所许换来一往情深，后来，各奔东西两隔茫茫。

这样的痛彻心扉，就是在自己的生活里拎不起，在别人的世界里撇不清。

深执成伤，亲有隔离。

弘一大师说：君子之交，其淡如水。执象而求，咫尺千里。

人生的度，也仅仅亲间有别。

走得太近，反而疏远。离得太远，也难能亲见。

亲而有间，疏而不远，往往是把度拿捏得恰好。这正是一个人的真本事。

说话，该说时会说，水平！不该说时不说，聪明！知道什么时候该说什么时候不该说，城府！

做事，该做时会做，能力！不该做时不做，明智！知道什么时候该做什么时候不该做，英明！

绝对不会咋咋呼呼，模棱两可。更不会无度去追逐放任，更别说，在别人的世界里奢求不自然的需要，落进不黑不白里争执。

亲间有别。有自己的坐标，就不会迷离；有自己的原则，就不会陷落；有自己的骨节，就不会矮化。

生活的风采，就是自己能心安地往来进退。

不必在别人的世界里，用黏乎来成就自己。活成自己最喜欢的样子，你就是一棵梧桐树，不怕凤凰不来栖。哪怕，就是在他人眼里不值一提，你也得为你的付出和努力自我喝彩。

亲间有别，心近自然，回归真我。一切的需要，心若善，德若高；情若真，梦若在。

亲间有别，张弛有度。遂见，生命花开。

生命的花朵

文学，可以疗养一个人的心性，可以让精神得到升华。

她，永远是一道流淌在心灵的涌泉，在四季的交替中从不间断地激越起生命的浪花，在丝丝的流露中静悄地滋养着心灵，让生命穿梭在时光的风雨中，伫立在碧绿之处，盛放着花朵，永葆常青。

用文学梳理心绪，卸去烦扰，字里行间总会闪烁着柔和的光芒，穿透迷茫与纠结，使人恍然大悟，如释重负。

文字何等神奇？

她，恰似圣医医治内心疑难杂症的一剂良药，往往是药到病除，如抽丝般地释负，破解怨扰，让人甚是欢喜。

"路漫漫其修远兮，吾将上下而求索。"文字的旷达、彻透、深邃，可以让颓废的心变得振奋旷达。文字的细腻、雅致、博大，可以贯穿到人的心智，筑落一条条神明的阳关大道……

当，与浩博的文字对话，如遇明师，觉解举手投足间的高深。顿然间，浮躁的心也变得敛声屏气，小心翼翼地相处，敬畏之心油然而生。

唯独文字严明，令人生畏，她们不仅仅能对世间万物解剖透彻，更重要的是，每一次的品读中，在字里行间里蕴藏着神机，能直接抵抗降服一切萌发的狰狞心性。

静坐品读文字而悟道参禅。此时，浮光不在，返璞归真，文字细语如同佛光一般穿透到心底，浑厚而神圣，鞭辟入里，直道破玄机，让人凝神冥思，几番端坐，几番伫立，几番深思……

文学，不但可以驱散孤独，还能让苍白乏味的生活变很有滋有味，一道心底深处的色彩袅袅而腾升。

常常在夜深人静之时，独饮一盏茶，在幽暗的灯光下与文字相伴随，激越灵动便跃然于纸上，恰同一首娓娓动听的歌谣，让心灵深处沐浴着美妙的旋律，轻吟浅唱中，使人心旷神怡。

文学，不但可以使人放下自卑，又能让人生重燃梦想与希望。知识的底蕴支应底气，无形中注入一股强劲磅礴的力量。

世界之大无奇不有，仅仅是字正腔圆的肤浅，不足识辨得天下奇妙，真正的智者必然以文字为舞，抗衡无知，远离愚昧！这时内心盛装的便是一个社会，而不再是一个人的自私与狂妄了。

喜欢上了文字，快乐时可以把欢悦化为文字畅写一番，失意时也可以把愁绪化为文字痛写一番。忧伤时从文字看到进取才使人奋发图强，得意时从文字看到悲凉与兴衰才懂得居安思危。

因此，"以人为镜，明得失，以铜为镜，正衣冠"。那么，透过文字的表面深入探究骨髓，人间的正道与邪恶便能昭然若揭，明了存于胸间，轻重缓急、是非黑白、进退荣辱自然也心知自明了。

文学，似是潜藏在生命中的一朵永不凋零的鲜花，傲立在空谷之中不悲不喜亦不卑不傲，在慢慢散放生命的幽香，待明者细嗅，在慢慢怒放生命的绚彩，待智者细观。

书中自有颜如玉。最端庄大气的容颜，绝对不是用胭脂涂抹出来的妖艳，应该是内心丰盈与心智成熟所表现出来的知书达理。日积月累，自然折射出那份高贵的大美，举止投足间一定是落落大方。

书中自有黄金屋。什么都可以没有，一旦爱上了文学，内心的丰盈就是一座取之不尽用之不竭的财富。心身以外所有的富有难以与之相比，只有无形的财富，才是无法用价值来衡量。当满腹经纶学以致用时，知识才是这个世间无与伦比的财富。

你说，是吗？

我个人认为，与文学为欢，其实就是抛开尘世一切烦扰，心无旁骛，静定起来，能使人逐见真知至理，直接抵达到思想的另一个高度。守到最后，使人能登高望远，决胜千里。

说到底，就是一种人生乐趣的享受，也是一个人能力与素养的需要。

如果，生命不能新陈代谢，不会汲取养分，我想，这样的生命将随风飘摇，距摧枯拉朽不远，凋零不堪即来。

那是多么可怕。接下来，面对种种不尽人意的不幸，会措手不及，狼狈不堪。

其实，咱们无非就是为自己的生命，增砖加瓦筑起一面铜墙铁壁，让心灵面对世事的风起云涌时能岿然不动，安然无忧。

戏里戏外，你最精彩

生活的妙趣，不是看他人演绎的戏，而是用别人的精彩，透见自己的精彩。

生活，往往在一个转角处，恰逢，台上做戏。

他人三五成台，如果不能共戏，那不是表演。他们所要的，是淋漓尽致后的掌声与欢呼。而你想要的，正是自己心灵的声音。

粉墨登场，字也正腔也圆。你听得认真，就陷入迷离。谁都不是你的偶像，你自己才是自己的偶像。

而你想要的，正是自给的掌声与认可。

你不必去刻意崇拜谁，他的戏多么精彩，一方面给别人看，一方面给自己喝彩。

你可以适当给掌声，但是别忘了也给自己掌声。

谁都是生活的演员，自己导演自己的戏。见别人的好，得知道自己也好。

即便活在生活的底层，也得练习自己的技艺，你的世界就是你的舞台。谁都不是你的观众，只有足够强大了，娴熟了，鲜花与掌声，不请自来。

一个人，活得好不好，其关键就在能否知道自己的好。热爱自己，才懂得生活的好。

自己世界以外，纷呈着万千的曼丽。你，永远是这个世界上最美的一枝。

幸福，驻守在自给自足，不是倚仗别人的给予。

除了生死，除了自然的灾难，唯有你才能撼动自我世界的激情。不管是萎靡不振，还是热力无比，你得尊重生活的戏中每一个细节。

你承天地之精华，食五谷之精粹，然，美轮美奂。你本身就是一出戏，姿势铿锵有力，音律荡气回肠。你得发现自己，挖掘自己的大将风范。

恰逢做戏，别人精彩地表演，无论假有多真，真有多纯。你，最真，也最美。你需要知道，那是别人的戏。本质上，还是你自己的戏曲最动听，你最懂得生活的曲调。

入了别人的戏，太深会太累。

套住自己，难以自拔。无论多好的戏，若能进退自如，视五蕴为皆空，你就耳根清净。深浅与否，套牢不住你的神。

演技，靠自己。其实，你最精彩。

不必过度仰望，不必吝啬自己给自己的掌声。观众多与少，你先学会自我舞蹈，自我奋发。

给自己肯定，不难。难在，一直留恋别人的舞台。太在乎，就是深执，那会神伤，那会心乱，那会陷阵。

守得住自己，就守得住观众。你的精彩，不需要太绝伦，不需要太轰烈。有时候，内心悄悄为自己心生涟漪，微波激滟，就能醉在妙美。

偌大的舞台，生旦净末丑，各种各样的角色穿插不停，让人眼花也缭乱。看似热闹非凡，曲终人散后，你也只能回味别人的味。

不必纵身于其中，有些戏看看就好，有些人恰到好处，有些话适可而止。始终，你才是生活的主角。

世界之大，戏里戏外，你最精彩。自我世界的体系里，永远不要奢求不同体系的人来增大喝彩的声势。

也只有你，把五音六律来听懂。也只有你，把喜怒哀乐来读懂。

别人的戏，别人演。你的戏，你来演。

一位前辈曾这样与我说过一句话：自己是人们的大师，自己是自己的大师。

其一，不用妄自菲薄，把自己当回事，你就是大师。（自我塑造成为人们心中的大师。）

其二，也不能妄自尊大，把自己不当回事，做自己的大师。（自己做自己最尊重的大师。）

这句话，看似矛盾，其实是一个共同体。前者，更多是演给别人看，通过技艺来证实自己的水平。而后者，更多的是为自己来表演，评委也是自己，自己就是最具有权威的大师。

说到底，一个人的生活若想活色生香，就得舞动乾坤。别人看不看好，喝不喝彩，那是别人的事。那么，自己舞不舞动，尽不尽致是自己的事。

要知道，自己是多么重要，追求完美的自己是多么重要。

我细细咀嚼，这样说有两重含义。

在他人的戏里，你只是一位无足轻重的台下听众。充其量，仅仅是一个名不见经传的小角色。而在自己的戏里，你才是最能主导戏法的主角，这才是属于自己的舞台。

无论多么盛大的拥簇，也总会在悄然无声中随烟消逝。大红到大紫的人，有时候像一阵风掠过，随后，消声隐迹，不知所踪。

直到某一天，记忆里的精彩慢慢遗忘，时光老去，一切都只是过去那时。

当回到个体的生活，才发现不如内心的暗自满足。

我想说的是，热爱自己，尊重生活。你的戏不用演给谁看，生活的掌声会雷动，过程会精彩纷呈，妙趣横生。

行走于人前人后，不必胆怯。站上舞台，你最精彩。

冷香，别在岁月的针簪

人世间，唯有冷香于岁月里悠久。

一幽冷香，袭人宿醉，宁馨高洁。

这世间，怎么样的香，才能让人费尽心思百般寻觅来细嗅？

香，无人不欢，无人不恋。

只也分，浓淡冷烈。人，在岁月无痕里，守得冷香驻得以深欢。恰似，留下一抹冷香，镌刻在骨魂里头，凭岁月荒凉，不消逝。

冷香，是冰清，可锁骨。

颇与不合众流之节操相近，香冷而低暗，气素而清透，不迷不乱，不喧不闹。恰似美玉，高贵而不失本真。那会，抱得淡雅归心。

冷香，是孤清，可透心。

异于桃花柳青的字眼，不见一点柔媚，倒像是中药的名字，仿佛冷冷避开姹紫嫣红，独守着一份孤清。着实，更具有价值。

一袭冷香，让人宿醉。冷香更像仙女下凡，幽居于云水间，在山涧泉水中沐浴着自然的灵气。披着轻纱，踏碎步从水雾中走来，那一笑一鼙端庄大气，不染尘间烟火，自是暗气袭来。

冷香，是清冽，可袭人。

往往藏匿在幽雅之处。那种闻而深沁心脾、如饮清露的冷，宛如不化之雪。轻细到不可追寻若即若离，也只可于冥冥中偶感，只可定神细嗅。

最是极致的大美，轻携冷香，心若如兰，经得起流年的苦练，经得起芳菲的消逝。如诗里所言，"暗香疏影"，颇有一番骨感销魂。

冷香，在大悲大喜、大失大得后的岁月里沉淀。沉淀下来的最唯美的姿态，是遗落在风雨中，从来没有人去俯拾的尤物。除了拾取的勇气，还要具备发现的心灵。

那是燃尽万千炷沉香的香龛，集所有精灵之气后弥散，烟火尽淡后积累下来的冷香。香火虽已不续，但是风骨犹存，香融淡安。

我，惊羡于这样的冷香。我知道，只能在岁月沧桑中几番轮回，几番流转，几番涅槃，尔后才能得以重生。与之浮沉，从不妄言。

如果，相逢的是一个携持冷香的人，就是与大美深情幽处。不敢怠慢，不敢疏狂，也只因为，初与冷香的人相视，她那眼睛像婴儿初睁的双眸，纯净、冰清……

依我来说，能够携着冷香与人迎来送往，是一种别致的情怀。这样的情怀，虽淡却不失香味，一抹引人细嗅的香味。

这种冷香，就是人格的魅美。它弥漫在平淡的生活里，透传于每一处角落，神圣悠扬，或漫步在空旷苍穹，或幽行于云水之间，轻舞，而后惊丽现世。

霎时间，觉得这种香，是沏在晚读后的一盏花茗，别在心中有一种安静的慰藉。醉了心扉，还走不出来。应该说，不愿抽身离香去。

冷香，别在岁月里的针簪。任时光荏苒，不会锈蚀。它镶嵌在岁月里，牢牢盘固在板梁上，与岁月悠悠共存。光阴不老，风骨不锈。

这人世间，究竟是什么样的香能诱君欢呢？这一路的修行，或情深或缘浅，冷香最能宜人。

太浓烈，会刺鼻熏泪。太惨淡，又乏味寡白。太酸咸，又让人不适。太腐陈，又不愿太近。

唯有冷香，能循循善诱，引人寻觅。不做作，不修饰，不张扬，不虚势。暗香浮动，愈久愈清心，愈来愈留香。

冷香，格调太高。

幽淡，香清。幽淡，香远。香清，淡远。一缕冷香，别在岁月里，慢慢地随着时光的流逝，光泽着古铜色的针簪，楚楚动人好让人生怜。

太过于别致，所有的光辉皆不可与之媲美。在孤独无声中默涵天地的灵气，弥漫出幽幽的冷香。

这样的格调，拥有香与气、精与神的融合。不仅仅是香气，也不仅仅是光泽。冷香，概括了一个人清孤与高尚的合体。

冷香，气质非凡。

素净，涵香。幽香，暗迭。不必多说，也不用比较。自然里来，自然散发。

不用施胭脂，不必浓艳妆。素面朝天，素履以往。多美的容颜，都敌不过这种自然的气质，那幽淡的清香啊，就是岁月最好的容颜，不用观看，光是闻香，就能让人醉生梦死几个回合。

心神携冷香同在，岁月便无端静好。

冷香，不可细细揣观，只能靠嗅觉感受。

如果，非要给冷香一个形容，我认为，就是一枚别在千丝万缕之间、盘管在心身之上的针簪。它，处在心头之上的顶端，冠冕堂皇，居于上位。刹那间，让人体面起来。

冷香，绝美惟馨。行成一缕冷香，引得众生追寻。

亦是，你我在生活中苦苦修觅的品级。

低调，怀藏乾坤

低调，乍一听这两个字，是如此地浑厚与深远。

通常，人们禁不住细细去打量，揣摩着低调背后的那一份厚重。

低调，是隐于山野，深居简出；是素履以往，不染风尘。是处在常人之中，却行走在常人之上的生活。

这世间，存在两种人的姿态：

人在低处，心在高处；

人在高处，心在低处。

前者，行进于平凡，却用谦和来盛装生活，心却别在巅峰之上。而后者，恰恰相反，更多喜好于高处俯视常人，心的质地却是空洞与张扬。

低调，是有态度地生活。

它与张扬跋扈背道而驰，却又不是逐风随流。他是一种谦恭的态度，一种内敛的智慧，一种熟视岁月如流的淡然。

尘世里的风霜，漫天飞舞，席卷而过。凛冽在狂飙，风暴在呼啸。

而路上，只有俯首低调的人，无悔地行进，谦恭地行走。

路上，始终如一保持着低调。这一路上，仅仅是能俯首的人在无声中进取。结果，胜得风雨，耐得高寒，抵得霜露。也只因为，低调在高处，承载得了天地间的厚重。

低调，是诗意地前行。

人生的脚步，不进则退。

然而，更多人身居于高处，不胜高寒，便早早仓皇而退，戛然而止。哪能与一向低调的人相较呢？

"地不畏其低，方能聚水成海；人不畏其低，方能孚众成王。"世间万事万物皆起之于低，成之于低。

低调，正是一种"终成其高，必成其大"的哲学。

放眼望去，尘世间里的各色人等匆匆忙忙。唯有那低调的人，深一脚浅一脚，一直匍匐在前行的路上。

只有，足够厚重，才能让一个人走到巅峰之后顺应着召唤，用最不显眼的方式简装行走。实际上，低调的人用极度饱满的内心轰动了整个旅途，在常人眼里不见端倪，他在无声中礼待了过程中的自己与每一位路人。

他是陌上归人，走在无人的空谷里，仅仅是听到寂静之声。他所见的山庄，河泊，木林，花草，他谦恭礼待，不曾惊动。

走在自然里，只有一种姿态。这种姿态，却是看似简单又极为崇高的谦卑。

低调，是有辽阔的谦怀。

圣贤有云：木秀于林，风必摧之；堆出于岸，流必湍之；行高于人，众必非之。低调的人，不会在人前哗众取宠，更不会去争风吃醋，不会在众生前惺惺作态，虚情假意。

低调，不会无端端生有非议飞流，不会陷入红尘的漩涡里头扑腾。因此，身在凡间，活在高处。

低调的内心，祥云瑞气，云淡风轻。不见一丝丝浮夸之气，不会有一点点跋扈之行。他那一颗敛收的心，盛装着的都是与世平视，摄入眼眸里的都是高于他的地位。因此，低调的人从不会高仰头颅，更多的是低眉颔首。

低调的人，是有足够辽阔的胸怀。这样的胸怀，就像是高居在古老建筑中的斗拱，星移斗转间承载着天地与风雨，从未改变它的姿态。即使不那么明显，却是整个建筑组构的魂魄。它，不论岁月更替，不畏朝代转变，它若在，就能宠辱不惊，屹立不倒。

低调，是有至高的修行。

最耐读的事物，永远是饱满着沧桑与见识。宛如，在岁月里浑然形成一炷沉香，暗含着天地间的精气，那是，沉屑浮香，敛尽精华，吐露醇香。

低调，是一种透骨的香，能蔓过静谧幽寂的街巷，行过满眼风霜的景物，能穿过一个个恬淡宁静的夜和万千岁月，能在旧事、离愁、残梦、迷楼以及万里山河中解读世俗。

他不屑过往云烟，解读世事人情，细察众生万物。

无论在哪种场合，低调的人看似不起眼，当你细细观察，气场不同寻常的正是那个看似不善谈笑，拘于言行的人。

低调，是怀藏乾坤。

我曾拜访过一位耄耋之年的老师。

年过八十有余，深居于郊外。德高望重，誉满天下。一进屋，那书香之气，袭面而来。谈吐间，那谦和之态，低得不能再低。

整个谈话间，极为祥和，谦恭。由不得不肃然起敬。

告辞时，他送我到门外，挥手告别。

当我走出百米以外，回头一望，他的手还在不停地挥别。他大概是直到视线模糊了双眼，见不到我背影后才停止挥手吧。

至今，每每想起，我的心，仍然为之一震。

真正的高人啊，低调里藏有乾坤，光华闪动。

禅味无穷

生活滋味，但凡品对，其味无穷无尽。

饕餮盛宴，杯盘狼藉间，鱼我所欲也。

也仅只有一味最能驻留在自己的舌尖。

美味繁多，哪味才是尝对？只有两种，一种就是灵魂在循味游走，而另外一种则是精神得到禅定。

走过的岁月里，品赏过的千百种味，哪一味最难忘？

只当如：清淡。

清淡的盛享，唯有寡欲。独孤的心骨，仅有清高。寡欲，不奢求舌尖上的美味。恬淡的心，只求素雅。

这种素雅，是清欢，是淡泊，是涵雅。仅仅一味，一生知足。

这样的人，不是丧失了对生活质的追求，他对生活的奋取皆是行于自然，进于自然，取于自然。他更多追求的是精神层面上的升华，撷取生活最清高的菁优。

生活的甜美，于孤独不苦，盛情款待。从未曾刻意，厚泽淡泊。不生贪婪之心，不执非分之念。

最难以说明的话就是，格调太高，无从下笔。亦是常人难能企及的境界，这样的境界就是独守寡清，独守一味。

他可以隐于山野，不悲于耕耘，不惊于苦乐，不畏于世变，朝不虑夕，仅仅活在当下，咸淡苦甜，都是乐享，都是安然。

流年独去，素履之往，独行愿也。

一个能如闲云野鹤般逍遥自在的人，绝对不会受到尘世间的牵绊，不听是非唇舌间的飞短流长。也只有这样的人，能独守生活的一味。

这一味，格调极高的清心寡味，那是禅味。唯此，谓入于禅定时安稳寂静的妙趣。酸甜苦辣、苦乐忧欢皆是禅味。所见所闻，禅生尽定。

恰是，走在隆冬，见到风起狂啸，霜之哀伤，埋藏在冰雪三尺之下的那一片已离开枝头的落叶，身压在重重冷露之下，仍然肌理清秀，不沾尘埃之光，风骨凸显，依然故我。

禅，是一朵花开，也是一片叶落。可以听到花开的声音，鸟语衔来花香。也似是落叶的轻盈，尤其地顺应归心。

这人世间，诱因太多，五光十色，遍地瘴烟。逃得一劫，难过一关，陷阱太多，措手不及。

如果是禅心，就有禅味。于生活中，仅一声清磬就足以击碎虚妄。繁华落与不落时，心淌冰清，不沾俗世浮华，一本初衷。

行有禅意，生活处处极是简单。不念过往，不畏将来，任凭风起云涌，独处一处，拈花一笑，自得安然。

在这悠悠岁月里，看山还是山，看水还是水。岁月无声，禅之一味，所见所实，所品所真。无谓远近，无谓虚实，无谓苦甜。所见点点滴滴，走近真真切切。

人的心灵，若能如莲花与日月，超然平淡，无分别心、取舍心、爱憎心、得失心，便能获得快乐与祥和。

水往低处流，云在天上飘，一切都自然和谐地发生，这就是平常心。拥有一颗平常心，人生如行云流水，回归本真，这便是参透人生，便是禅之本味。

拥有宁静的心，质朴无瑕，回归本真，便也是禅意。其实，禅与自然同在。而这一味，源于自然，止于自然。

生活的品味，见禅见智，见禅听慧，见禅品香。

一股流转心灵上的真味，无视岁月流逝，人情冷暖，于你生命经久不息的一定是素雅的心，清淡的味。

过多，都是妄念，都是杂念。过偏，都是妄求，都是欲动。

守得住自己的味，就是对生活最美的品赏，也是对自己最忠诚的犒赏。

禅，是妙不可言，更不能意会。天人合一，自然同体。也只有禅味，最是有味。向来，清淡。

俗不可耐的味道，备受争逐，纷纷扰扰的人们费尽心思去寻找。结果，都倦了累了，伤了痛了，深执成伤。

往往是走到了柳暗花明处，走进一个自己的驿站，深情驻足。原来，苦苦寻觅的味，就是写在云雨中的禅语，似云舒卷，像细雨，欲断还休。也像刚刚断了的琴弦，一声空旷的凄美，嘎一声响，响彻天际的禅语。

你听啊，那云在舞雨在唱，风在飘月在变。这一个轮回，一次圆缺，都是在彰显着禅道。

拥有一颗禅心，生活每一处都是心身上的禅味。细细回味，无穷无尽，无香无形，无色无味。我们应该相信，素雅清淡，最是无味，也最是有味。

曾经，有一位多年的好朋友，初相识时，我很欣赏他的清欢，他的才华。

与他共处时，可以彻夜无眠，疾笔苦练书法。两个人，一盏青灯下，一杯浊酒，一碟花生，其乐无穷。

后来，因事就别几年。

再最后，他成名了，声名鹊起。有钱了，富甲一方。

当再次相聚时，两个人欢喜共餐叙旧，自然痛饮。

餐间，他点了满满一桌山珍，那谈话间眉飞色舞，尽情得意，发出一阵阵让人寒碜的狂笑与怪声。那一次的共餐，我吃得很别扭，确切地说，不是滋味。

完全不像那时青灯下恬淡的那个人，不是原来的他了。

后来的日子里，我再也不想联系现在的他。

偶尔想起，也只念想着曾经那个与我半夜喝杯浊酒就欢尽的朋友，一个守得住清欢留得住清味的朋友。

真正的美味，不是舌尖上的味觉。而是心间那一分可守清贫却不失底色的简单，独守着清欢，却不忘初心。

禅，就是开在心灵上的一朵幽兰。不用人来嗅，也不等谁来闻。遗世独立，孤寂里清高至极，独得一味旷世的馨香。

于遍野里，风发着那一抹味香，至远至深，至傲至清。那是不以物喜，不以己悲，宠辱偕忘，活成禅定。

最耐人寻味，莫属于禅味。仅此一味，妙趣横生。

这样的格调，太清高，无穷尽。

人逢，恭之。

静若游龙，风度俱来

心静则明，品超斯远乃名言至理。

内心澄澈，不执于一物才能做到动静如一。

心中平静自然就明澈，如同平静的水面能映照出事物一样；品超便能远离物累，由于内心不受情欲爱恋的牵累，行事自由自在。

没有阻碍，又如同云不受人间牵绊，又不为天空羁留，故云："其所以神化而超出于众表者，殆犹天马行空而步骤不凡。"

传说：佛家禅宗五祖选继承人，大弟子神秀道："身是菩提树，心如明镜台。时时勤拂拭，勿使惹尘埃。"慧能即说："菩提本无树，明镜亦非台。本来无一物，何处惹尘埃。"五祖于是将衣钵交给慧能继承，慧能成为禅宗第六祖。

超然于物外，静看行云流水般从容；远离喧闹纷扰，静思得失荣辱；超脱凡俗，静足于平定躁气矣。

谋事、求学而成者在于静。《大学》有云："知止而后有定，定而后能静，静而后能安，安而后能虑，虑而后能得。"

心若静宁，思智蓬勃。

做大事的人，具备神闲气静、智勇沉着的气质。毋庸置疑，狂躁者，势必无成事。

足智多谋的诸葛亮就是靠沉静镇定演绎了一场名传千古的空城计，相传当时司马懿率领十万大军压来，而城中只有少数羸弱之兵，由外调援军已来不及，诸葛亮命令大开城门，让几个老卒洒扫城地，他自己带一琴童在城上弹琴，仪态悠闲。司马懿见此，恐中埋伏而退兵，本举手可得的西城县却因诸葛亮静定的谋略而流失。

心静则明，俯听天籁之音；洞察世间百态，诠释万物之因果，体察点滴入得肌理。

心静，无浮躁之气，心神安详，纵然面临天崩地裂命悬一线仍纶巾羽扇，这样的人往往可以力挽狂澜，决胜千里之外。

一个心静的人，即便处于喧嚣之中，众人涌动，他的心门能扼得住万千浮尘的侵入，可以聆听落针之声，整个世界风烟俱净。

你看，镇静自若的人，向来体察入微，游刃有余；不妨静观其变，淡而消窘。

心静，乃去之浮躁，取之静宁之精简。绝不会是建立在鲁莽之上的勇气，应该是一种从容不迫的稳重，它矫若游龙，翩若惊鸿。

古来运筹帷幄的智者，在静默中调兵遣将，攻略一个又一个的城池。那也都是，静气能让人智通。

做一个心身静气缭绕的人，便能散发出智慧的光芒。

人若有静气，风度俱来。

强大，才是你的一切

一

强大的代价是在厄困丛生里铸炼。

纷争，对峙，诋毁，挫败，曲折，忤逆，等等，这些将是你人生的一门功课。

承受的负重越多，内心越是强大。这个人生，也唯有强大才是你的一切。

在独体的生命里，惟妙惟肖生成一朵花来，不用等人来嗅，先把根系扎实。

恰集一抹花香，弥漫天际袭来。当你足够强大，遇见一切可从容不迫，拈花一笑，不再惶恐。

只因，强大支撑起你的从容与静定。

二

人生，总是轮到你落井他下石后才知冷暖。

不是每个人都是你想象的那般好。你一抬头，或许就是你最熟悉的人滚倒巨石压来。

你不需要问为什么。很是明显，谋利而来。

有些人，可以同甜不能共苦；有些人，可以共苦不能同甜。

人心，本来就叵测，在变化多端里跌宕起伏。除非，你能承受巨大的痛苦也不以为然，且含笑应对。这样的你，就不必惊慌于任何的骤变。

如此的你行走于世间，若是厄运降临，你能优雅到底。

强大的内心，可以静看风起云涌，花开花落。随后，挥挥衣袖不着痕迹，一个转身便明了于心。

只有强大，才能让自己的优越不败退。

三

有些人，只能遥看，有些事，只能静观，有些话，不适发表，有些泪，不可倾流。因为，有些亲近，让你承受不了，有些表达，让你备受鄙夷。

如果，你真足够强大，横来直去不必顾忌。内心强大的人，通常可以力挽狂澜，扭转乾坤。

当然了，内心强大，也需要隐忍，不是一味肆无忌惮，更不能哗众取宠。它更多表现在不形于色的缄默，随时保持着波澜不惊的心，守得住一份平静，也只有强大才能笃行。

强大的内心，它的共性就是：宠辱不惊。

只是，强大所付出的代价就是：脱胎换骨。

强大的人，不悲不喜，不卑不亢。是开在岁月里的一朵花，尤其独立。

四

不必去渴求在他人世界里得到长久的慰藉。除非，他也一样想从你的世界里得到安好。那样的两个人，内心都冷飕飕寒冰冰，也难见到温暖流转，更不用谈传递。

瑟缩在冰冷的世界里，若是雪中送炭的人要来，也应该是他有足够的暖热能量。

关于怜悯，只能锦上添花，关于施舍，只能缓解一时。

真正的暖意，自给自足。无论寒风呼啸，若心魂是暖的，那骨身就不会寒颤。

世界的风，有时太凛冽。你的内心披甲带盔了，多大风沙也会溃散。

此时，你成了自己最强悍的守卫，不需要把一切都寄托在他人的强大当中。

谁也甭想掳夺，你那内心强大的威武。

五

在世间什么都可以丢失，唯独不能丢失自己，因此需要强大的内心。

有了强大内心，你可以东山再起，可以乾坤再造，可以重振雄风。

有了强大的内心，不会失去江山。

当众人惊慌失措时，强大的人早已在风口浪尖上把一座又一座城池攻下。

此时的强大，成就了一个不败的王者。他，从来不曾言败。

你拥有了强大的内心，这宇宙间万事万物皆在你眼底。若是取求，如囊中取物，轻松自在。

只有，强大可以驾驭得了生活的一切。

六

强大的人，在人前人后，不会畏首畏尾，不会咋咋呼呼。内心的强大，本质上就是一种立于不败之地的风范，一种决胜千里之外的魄力。

内心的强大，于这个人世间每一处，都能持久地闪烁出金属般的光芒。

这道光芒，不是锋芒毕露，而是韬光养晦。

拥有强大内心的人，他的人格魅力折射出万丈夺目的光华。

谁也难能掠走，你那内心强大的威严。

事实上，强大的人，就是无声中庄严了自己，善待了生命。

七

总有一天，当繁华落尽，一切皆已看透。

如果，你一个人行走，孤独地行走，那也是带着诗意含笑匍匐前行。或是，携带一生的所爱。

那你应该感谢，因为你的足够强大，所有以后的日子里你或是你的所爱将安然、静好、惬意……

当你老了，强大一直在你的内心朗逸着。那是你用强大战胜了生活的厄困，还有什么可以让人进退两难？

携着强大的内心，于生活中上下求索人生的至高境界，谁人他物都无法左右你的思想，岁月也荒芜不了内心的那份大气。

八

如果，你内心强大，就能够扬帆行走在暗涛汹涌之中，带着微笑去启动人生的又一个梦想，带着幸福靠近另一个彼岸。

若内心强大，一切皆有可能。你说，内心的强大，不正是人生需要去搏击的最大梦想吗？

若内心强大，丰满了生命的羽翼，一飞冲天翱翔在苍空，在凌云处展望，一览众山小。

这是，何等的豪迈？何等的壮志？

九

威武乃刚，豪情万丈，只属于内心强大的人。

伫立于大千世界便能洗去尘世的悲凉，在节骨眼前乍现出大将的气概，在惊涛骇浪里展现王者的风范。

强大，才是你毕生的底气，这是你人生最难能可贵的资本，任何身外之物在强大的内心面前，只会黯然失色。

倘若，丧失了强大，人性将悲哀地沦陷。

如果生活少了强大，我们还能走多远？

十

生活，不会向强大讨说法，只会向懦弱讨伐到底。

强大的人，不轻易向困苦妥协，更不会在挫败面前乞怜示弱。

他可以尘封人间的厄难与困苦。不着痕迹，又尽得洒脱。即使不幸他失败了，也虽败犹荣，绝不会有惨淡的神伤，所留在人们眼里的更多的是悲壮与激昂。

一个人仅仅是拥有了强大的心，那么，就已经拥有了气吞山河的气势。

这种气势的力量，可以贯穿长虹，问鼎天下。

你，什么都可以没有，唯独不能缺少了强大的心。

强大，才是你的一切。

人生如茶，沉浮问世

一

最有味的茶，即在沉浮之间，大合大开，品鉴韵美。人生，亦是如此。

质的优劣，不需要去强调。把生命来舒卷，或耐人寻味或索然无味。

只要一个沉浮，一次起落，便知一二。

沉落看底色，浮起见质地。

生命的价值，最终的衡量标准：味道结果来说话。

生命的味道，如茶。

二

生命，需要沸腾。如茶。

沉在沸水中舒展，极致出味。生命的精彩，用热力来冲击，几番翻滚后才体现得淋漓尽致。

没有遇见沸水前，自己就是一片叶子。仅仅是，干枯。

某一天，相遇。生命得到奔逸，味道得到散放，底色得到展示，几经轮回，直到无味。

留下的那是回味无穷。尽管，渣底已被遗漏于墙角。

至少，于这个人间曾经毫不保留、无怨无悔奉献过。

三

嗜茶如命的人，会用光阴陪衬茶味到老去。不会轻易放过，错过茶的生命。

不管黑夜或是白昼，时光瘦了，爱却绵长。恰，爱一个人，若生命还在，永远惺惺相惜。

与之沉浮，笑看风云。

与之起落，宠辱不惊。

像茶。品到了真味，呷一口，舌尖留味，通透心扉。

关起一扇木门。一把坭兴壶，一盏爱喝的茶，一炉缭绕的沉香，只留守自己与茶对话的空间，哪管风雨交加，心无旁骛只为彼此间留下懂得。

顿然，这个世界，只有你我，只有情深，只有意长，那该多幸福。

四

生命到了最后，置身于何地不重要。

关键在于，自己的生命味道，谁人在乐道，在无穷无尽地回味。

爱茶的人，不到最后，怎会离去，不舍离去。

亦然，人生如茶。

走过风雨，见过苦乐。干枯的蜷缩，只等一个懂得欣赏的人，来发现，来摄取生命的另一种意义。

生命的价值，在岁月里已浑然成一味。

直到某一天，用所有走过的沧桑来问世。把所有蕴藏的情怀，在这一舒一展、一沉一浮里芬发妙美。

懂得你的人，会时常念叨着。不懂你的人，不必在意他挂齿与否。

五

岁月如歌，浓淡皆宜，急缓无别。保持自己的本真。

不必奢望多少人能懂你。

人生因为在乎，所以痛苦。因为怀疑，所以伤害。因为看轻，所以快乐。因为看淡，所以幸福。其实，也不过拿起放下。

煎熬，就是一种成全。

生命的本质，当如此：起落当歌，沉浮如茶，枯荣真我。

别问，是缘是劫

一

初始，都是充满着希冀。

别去问，为什么都只是遥不可及的梦想。

实现不了的梦想，都不是轻易可以追求。

生活的诱惑，俯拾皆是。可以是天使的一生，也可以变成魔鬼的一生。

从始至终，一贯持着善真的心。你，没变，没改初衷，就是实现了最大的梦想。

二

最深的陷阱，是心灵的黑洞不见底。可以吞噬自己，甚至是苍穹。

然而，有些陷阱不是别人设的圈套，而是自己欲壑难填，不顾一切扑通往下跳。

欲盖弥彰的心，一开始矢口否认。不会听取别人的告诫，也不会承认自己步步沦陷，临近自我的杀无赦。

那是贪婪，贪得无厌。

路，本来是为纯真无邪的生命铺设的，使之享有福永，后延伸到德高望重的清高之命。

后来，逼不得已，仓皇出逃，入了自己难以自拔的陷阱，挣扎中埋葬了自己。

三

人生的追求：

如果，不是建立在纯净的基础上奋取，都是得不偿失；

如果，不是追求精神层面上的富饶丰盈，都是极度贫瘠。

也仅仅是，这两者可以抵达梦想，别无他选。

那么，到底是什么促使一个人走上自我毁灭的不归路的呢？

那是，忘了初心。

然后，妄图用身外之物来填补内心的空洞。

一切的劫，也都是源起于缘啊。

四

生命的存在，是缘也是劫。

本来美好，走着走着，就变了。或许是欲念膨胀亦或者是私心太重，一步又一步，把自己逼上绝路。

走上了绝路，前是万丈悬崖。如果，可以回头还好，只怕后有猛虎怒视眈眈。

那只猛虎，是曾经无情杀戮与残害的初心。你，放过自己，可是心中的猛虎毫不退让，狠狠地撕咬了狰狞魔鬼。

那，正是忘了最初的人，变成了丑恶心灵上养虎成患的自残。

自我残害的人，最是可怕。

五

奈得住寂寥与孤独的人，他可以享尽世间最丰盛的清欢。

他丰功伟绩的殊荣，就是秉承着两袖清风，寡心淡泊，享得终生富贵。

一个人的荣华，经得起岁月考验的，往往是人们永久的拥护与爱戴。

当然了，有些高举廉洁修身的旗帜，私下干太多损人利己的勾当，蒙得住群众的双眼，却欺不了心。

上帝，既能借得一个人的光辉岁月，也一样可以掏空他的誉满乾坤。通常，令其先疯狂起来。

空余恨，悲戚戚。

不是生活太残酷，是自己不享生活的清欢。偏偏奢求太多声色犬马，太多纸醉金迷。

需要相信，真是有滋有味的生活，就是从始至终留守在舌尖上的素淡。

无味的生活，最是有味。

六

人生的底色，乃朴素。

不论悲喜，不谈得失，不议福祸。无论种种境遇，你别问是缘是劫。

明明生来就一无所有，凭什么总想毕生奢华，还图谋搜刮金银珠宝来陪葬。

生来，不是帝王，不是将相。

我们，都只是生活中的走卒。微若尘埃，胆敢要挟生活这位天子以令诸侯？

生活里，可以有君王的霸气，可以有将相的本领，唯独不能欺君，那是欺心，也是殃及无辜。那会是罪大恶极、诛连九族的惨遭。

生活，可以让你得到一切，也可以让你失去一切。那得看心的颜色来定论。

守好自己的底色，你才能君临天下，那万里江山啊，当你放眼眺望，屹立在风雨中岿然不动，千古依然……

若遇予以，天荒地老

一

遇见，是一种缘。

恰似前世为今生埋下的伏笔。不然，怎么恰好，又恰在此时。

遇见，是美是丑，命运安排。

始终，总会有个终结。就是不知是得是失，是续是断，还是是喜是忧。

不能说，每一种遇见都是美好，但是，一定有渊源。上天从来不会安排无缘由的逢会。

你该相信，每一种遇见都是一段迹记，只是区分深刻与浅淡罢了。

一个与你共走江湖的人，大概就是彼此之间，都懂得冷暖，懂得守护。

二

相逢，有擦肩而过，有驻留心间；亦有退避三舍，也有刻骨铭心。

每个人的相遇，都是生命的一组音律。

无论高亢低沉还是凄美悲怨，相遇就在往来的过程中演奏，用深浅来交织，用厚薄来应承。

遇见，即是造化的安排。

总之，哭着也是见，笑着也是见，不如含笑等待。每一份遇见，荡漾着神奇的色彩，细细去感受，每个人都是生命中的一道斑斓。

你看，眼前风光旖旎。

遇见花香，你便闻到芬芳；遇见阳光，你便撷取烂漫。遇见慈恩，你便滋生感动；遇见同感，你便心有共鸣。

你若用一辈子去庄重对待一个人，他在你生命里一定是举足轻重的人。

三

最从容的人，随遇而安。因此，适者能生存。

遇见，一盏茶，把之共品，醇香浓厚；一本书，与亲对话，贴亲灵慧。

相遇成诗，把风吟一番，拈雅处一番，风雅也就都有了。

若是遇见，都以审美的眼光去看待，你就看到了美好。

相反，遇见的也只能都是丑恶了。见到的人与物，好与不好，其实岁月都会来印证。

遇见，会演变成恩怨与情仇。

所有的故事情节，平淡无奇也好，翻云覆雨也罢，最后，亲近与疏离的结果，都是在遇见之后。

一个人，于你生命中行走，几斤几两的分量，相处后自会掂量，尔后决之亲离。

四

所有的相遇。

用眼睛来观察的，有些忽略了，所以也就看到空无，也就没有发现内在的美了。

用心灵来感知的，有些麻木了，所以也就丧失了感触，也就没有发现事物存在的因由了。

那么，又怎么会有心灵发现与对诸物的审美？

假如，心是善的，德是高的，所遇见的一切也是美的。

假如，处处排斥，所遇见的也就会是对峙、反逆、争执。

那么，人生又怎么会有和善与包容？

一份可以在这个岁月里行走的友谊，它在有生的时光里不会锈了共勉的情。

共行，愈长远愈是炽热。

五

遇见了，总有存在的理由，接受与不接受，它就在那。

不到该走的它不走，不是该留的它也不留。任何事物的去留强之则辱，容不得用愤恨去驱逐，容不得用强制去夺取。

命中遇见，当予善待，若不是命中该有，弃去予善终。

不必去激化每一分遇见的崩离，不必去激发每一分相逢的恼怒。

有些人，可以改变一个人的命运，可以改变一个人的性格。

而有些人，他不计得失、错对、荣辱。于这个人生里，你在他就在，从来不会放弃你。因为，他不论你成败，或者是富贫。他，都无怨亦无悔地守护。

当然了，也不必问有些人，渐行渐远，不知何处去。

六

生命里，都是留下该留的人。所以，相遇的过程都是在发现与选择可以隽永的人。

人啊，于生命里鱼贯而过，惺惺相惜的没有几个。

不是你放弃别人，就是别人放弃你。不是你走远不等，就是人远走不等你。

共同的兴趣、目标、喜好圈起一个群体。这个群体又进行百番的挑选后，留下彼此欣赏与信任的人。

一个愿意在你生命中停留的人，也是你愿意去携手并肩的人，这才是长久。

每一次遇见，都是一种各自的挑选。

挑剔的人，生怕会错。谨慎的心，只会更踏实。

我们得相信，无论谁离去，都是自然。你看好别人，别人并非看好你。

七

遇见里，唯有彼此看好，方得始终。

我不相信，一个在你生命里来了又走，走了又来的人能有多么重要。

生死面前，不走的人，你若有苦难，有挫败，根本不会离一步。是心，不会离去。

一个在你生命中重要的人，会厚待你生活的点点滴滴。

仅仅是这样，就能在生命里镌刻：

你不说，他已懂；

他不说，你也懂。

所以不必说，彼此都能感应。因此，在岁月里无声就会持重这一份遇见。

八

放在心上，安妥贮存。

若遇予心，天荒地老。

一份不变质的友谊，它的质地永远是自然纯净的。

彼此之间，相互黏合，共同供养。

一颗四季常青的参天大树，根与根是盘绕为一体，支撑起枝柯与绿叶，狂风暴雨来袭，影响不了根深蒂固的荣发。

与这样的人共处：情，愈往愈是安若磐石；爱，越深越是固若金汤。

九

至深的往来，遵之：

弘量则远，淡泊则久；

相容则盛泽，共勉则强劲；

相顾则能入心，惺惜则能悠长。

言若有力

一

掷地有声的话，惊心动魄，沁人心脾，能发人深省。

不多一句，也不少一句。恰到好处，就能震撼人心。分量够足，发自肺腑，绝无虚浮，因能语惊四座。

所谓的分量，不是身份地位的显赫。而是，岁月所沉淀下来的深厚阅历，字句间支撑起让人折服的话语分量。

通常，这样的人向来寡言少语。她内心都有一片海，是清澈浩瀚，是辽阔无垠。

说到底，就是有丰富的内容。

言若有力，即是有物。绝不是空泛苍白，言行的力度可直击灵魂的深处。

二

有些事，不必多说。你不累，听的人也会累。

需要说的话，简明扼要又不偏离核心。人家愿意听，因为正中听。

言语，最具有感染力，应该是言有所指，恰达心需。

不是所有的话都是话，有些话可以忽略不计。而有些话，却不能不听。

言若有力，让人内心泛起涟漪。只有干净的话，出自于纯洁的心。

说的人与听的人，都能豁然开朗，云淡风轻，好不快意。

三

与人对话，浓淡相宜，太浓会烈，太淡失味。诱人的永远是能令人心旷神怡，又切实贴心的味儿。

故弄玄机，太虚；掖着藏着，太假。咋咋呼呼，见不得人一般；扭扭捏捏，又少阳刚之气。

不痛不痒的话，像塞在牙缝中的残物，让人不爽，不剔不痛快。

直来直往的人，豪快得很，不会啰唆，也不磨叽。

他言之有物，落地有声。

那样的人，概括起来说就是：性情中人。

一旦对话，谁都会被这个性情所折服。

四

有魄力的人，为勇气注入智慧的光华。

那么，他的言行光明磊落，他的举止雷厉风行，绝对不是战战兢兢、畏首畏尾。

他是魄力延绵出来的说话分量，那是因为有底气才有水平。

人们往往愿意与一个说话有水平的人往来。关于轻重缓急，行止进退，他拿捏得很准确。不鲁莽，不冒进。

正因为如此，他宁可不发一言，也不会乱表达一句话。

一个有水平的人说出来的话，都是解得人们忧难，释得人们愁怀，点得人们迷津。

五

最初的往来，先前就是人与人的交流。

沟通，可以让人与人拉近距离。

言语，可以彰显出一个人的睿智、稳重、成熟来，甚至可以勾勒出一个人的英武、气质、性情来。

言语相对，大致可以评测一个人的性格或喜好。

有些话，不必太多。仅仅是几句，让人放心。话多本就无益，到最后，甚至连自己说过什么都不记得。

话不宜多，多了，落下笑柄。

一个人的气场往往在无声中自然折射。人群里一瞧就见那人与众不同，气场非凡，波及周围。

六

最有力的言语，就是无声。

"大音希声，大象无形"则更代表一种将美融入生活的智慧；情感热烈深沉而不矫饰喧嚣，智慧隽永明快而不邀宠于形。

　　但凡拥有这种智慧的人，不用刻意地去表现些什么，便自然无形地把情感运用到最值得、最有意义的地方去。

　　恰同言辞，不必刻意言传，自然就能达到相知共鸣。这就是一种境界。

　　言若有力，韵宇弘深，心明通亮，让人踏实。

风若再起

一

不沐寒风，难得春雨。

风，凛冽，刺骨。那也只是风冷。

最冷的风，总抵不过心有冰霜冻结。

一个心冷成冰霜的人，他的世界以外都只是隆冬，漫天飞雪，寒风呼啸，好不恶劣。

强大的生命力，一定能够抵挡得住风霜。这样的人，心中有一轮骄阳。

心中的一把火，燃烧起重重的热量，冲上云霄，通红整片云海。

你能承受多大的疼痛，就有多大的抵抗力。这就是生命强大的过程。

强大，就永远不会被这个岁月磨灭。

风若再起，也不过清风拂面，恰似花开的声音。有声，怒放生命，无声，承天载地。

有声无声，都是生命中应有的蓄势。

二

只有足够冰冷的风袭，才知暖好。

心有向往，就会有暖。一颗毫无目的的心，会崩溃了生命。

不懂哪里才是心灵的归宿，如一躯在野外的幽魂，不知何处才是归处。因此，逛荡的心从来没有过歇息。

不必在别人屋檐下停留太久。风不会止休，总会再起。

你得有自己的一个避风港，也得在内心上筑修起不透风的城墙，经得起风吹雨打，日晒雨淋。

不摇摆的心，面对生活的不幸与灾难，他的血肉就是铜墙铁壁。

哪管他几起寒风袭来，不足为惧。

三

担当，于这个人世间，多么重要。

若风起来兮，望而生畏，那只会不堪一击，整个人的心魂七零八落，惨不忍睹，也是活该。

一个阳刚的人，不屑于风云突变。无论种种，能静看风起云卷，花开花落。

风起，骤雨，雪降，雷鸣……，这一些，仅仅是生命的历程，不逐一去应对，怎能活到从容？

风若再起，别让它剥落你内心的城墙。

屹立不倒的心墙，需要岁月来验证。

四

小美于体貌，中美于守寂，大美于修心。

风起时，小美过于胭脂娇弱，中美大体知了，大美笃静看淡。

任尔东西南北风，千击万磨还坚韧。说到底，还是心根的扎实，才能无痕地迎来送往。

不管多美的容颜，总会凋零。修于心，固于根，是内心的一朵花。它，不显在外的耀眼夺目，而是隐藏在内的芬香馥雅。

那是大美，她的骨髓里至简极静。

最美的人，仅看内涵。她的言行举止，极为平静优雅。不管，身外风有多大，他的心底从不起涟漪，吹不皱宁静，揉不碎睿智。

大美，于这个岁月里像别在胸前的针簪，极为精致。

你细看，熠熠生辉。

五

最笃定的人，身置在风雨中，无阻地前行，逢人从不提及那一场又一场的惊涛骇浪。

谁都有自己的故事，因为不足够精彩，不必要去说。精彩的过往，也只为以往而镶嵌。

若逢人诉说悲痛，别人早已看惯，因此，会暗笑。

别去指望谁能为你遮风挡雨，每个人的生命，总会注定与风雨搏击千万回，方能锻造出铿锵有力的骨节。

再大压力，也别矮化自己的骨节。

六

听风轻吟，把盏听歌。

所有的念，都是杂念；所有的欲，都是赘欲。

当，风再起。顺手拈来，举重若轻，鸿毛轻盈，自是自然。

不必听风成悲歌，不必见风生畏。

不管是非飞长流短，有风有雨，有云有月，才有雅有韵。

诗行的生活，那一字一顿，一平一仄，就是风雨的组成。

把风来吟，将雨来听，你的生活即是激越的诗行。

你听，风在吟，诗在行，那生活的画面充满了意境。

情若逝去

一

这人世间，恐怕只有"情"最能让人癫狂，让人痴醉。

最难自拔的就是感情。割舍不了，难了了。因为难以断念那点点滴滴的过往。

想起，会伤及。不想，又想起，也伤及。尽消得人憔悴，那是了不了，也难了。

情，是毒。中毒愈深愈入心。是折腾人，直教人生死也不惜一切修来共永。

情不知何起，所以一往而深。

缘起缘落，皆有因果；是去是留，且看情缘；或分或合，天来注定。

谁也难强求。切记，强之则辱。

二

情深不寿，自然天成。

情义真挚深沉无须繁饰，就如这质朴天成的美玉一样，无须百般刻镂，不必刻意细琢精雕。

情若逝了，有些时候不是缘分走到了尽头。而是，扭曲了情缘，狰狞了面目，情伤全非。

留下背影，任凭追悔，也莫能及。

当，把心握得太紧，呼吸就会困难。恰到好处的情分，会轻歌，会曼舞。

若情予能双双心旷神怡，自然愿意隽永在以后的岁月，彼此无端静好，自然百般熨贴。

三

忧忧怨怨，分分合合。

心会倦，会神伤，会崩离。缝缝又补补，裂了的痕，忘不了伤。伤得愈深，隔得愈远。

情若逝了，不是伤得太深的一方，就是爱得太深的一方。一方不愿提起，一方不愿撇清。

纠纠缠缠，牵牵扯扯。一方淡，一方浓。相宜的心尽失，都是累。

情若逝了，成全也是一种修为。

有缘，并一定有分。生命中，该属于自己的东西，不求自来，如期而至。

不属于自己，放下也是另行开始。

四

总是，有过错，错过三番几次，那人才姗姗来迟。

擦肩而过的人，留下的终究只是一个背影。走过，放过，才能见到。

在悲痛欲绝里深执不悟，念念不忘。多么痛，领悟不了。

你沉迷在过去的光阴里挥霍无度，可青春时不可待，毕竟等不了，就会老去。

捋一捋光阴，别因顾此失彼让青春太瘦，不然就会捉襟见肘。

容颜易逝。青春，在时光渐行渐远里养不起你的娇贵命。

五

断了的弦，别再苦苦去续弹。

人已远去，不闻弦音多凄美。

若是要走，昔日不必再提及，算是往回又走阳关道，别再念独木桥。

背与背相离，那是心与心走远。走远了的心，拉近不了距离的脚步。

注定分道扬镳，最好的做法是毅然转身，只有用保重这两字来道别。

无须太多言语，仅仅保重，就是最有分量的话语。不带一片云彩，留下一分尊严。

若是，某一天，人海里再见，用浅浅一笑，谢过曾经。

六

不必怨念，不必仇恨。

无数人走过，也走过无数人。仅仅是他，让你停留。

如果不是归宿，那就只是驿站。人生向往幸福的路途太遥远，你总需要停歇。

恰好月黑风高，两个赶路的人，恰好相遇，便停留在亭台。天亮后，要么一起走，要么，走着走着就不见了。

爱，需要共抵风霜；情，需要同浴风雨。无论顺逆、成败，坚韧的爱从不会离去。

假如，不是同舟共济，就别谈厮守终生。

七

情若逝去，爱帆已尽。

挚爱的足音，于峰回路转处。

翻越这座山峦，驶过这番苦海。

就在，不远处。那人，望穿秋水，只为你守城护驾。定会替你洗尘，庄重相待。

足够的好，方能有最好的遇见。因此，总会有在情路上几经周折，几番深刻。

情若逝去，浅笑前行，桑榆未晚。

心若倦了

一

心若倦了，让心灵栖息。

世界太大，总有一处地方，可以把心灵舒放静养，或者是，寄托到一个了无踪迹的地方。

万千尘嚣，无处不尘土飞扬。心灵以外，太嘈杂，太喧腾。

能与自己厮守终生的，唯有这一颗搏动的心灵，别让其蒙受不必要的尘埃。那样，呼吸都会剧痛。

清静的心，才是简单，才是大道。

二

敛冷于眼，看这尘世间。

有些时候，把自己藏匿起来，放到一个不起眼之处。哪怕就在角落里，心倦了，可以把心与身蜷缩起来，自己号啕大哭，至少还有灵魂深处的守护。无畏嘲笑，无畏讽刺。

这样，已经是足够。

哪怕，有无尽的悲怆，泪干了之后，藏匿于心。也不过，人生一场，仅仅是人生一场。

悲离喜合，难在逃避不了命运。

三

拯救自己，也只有自己。

当一切远去，只能隔海相望，那是重重又叠叠的千山与万水。

当一切老去，像枯骨干枝，绿叶早已经凋落。再也，回不到从前，只有轮回。只是，有些事，有些人，一转身，不再有轮回，不会再更替。

心，若倦了。把它别在口袋里，藏在自己伸手能触及的地方，这样还会有温意。

手心紧握，就不会崩毁掉落。

四

修修补补，最难的也只是这一颗心。几番撕裂，几番破碎，生活是这样，这样才是完整。

心若倦了，一定是破碎了心，伤透了神。本身就无人来问及，也无人来顾及，靠自己独自拼凑起来。

心事，寄在一杯又一杯的浊酒里，引颈而饮，不是消愁，不是宣泄。

那是，心也需要醉，醉成不省人事，然后，自己为自己毫无顾忌地狂笑一回，或者是轻吟一番，为心灵唱首歌来抚慰自己。

只有心知了，才成为自己知心的自己。

五

把心放到旅行处，独自，毫无目的地游走。

倏然发现，风尘之处的那一段残垣断壁，生长在那砖隙间的一株小草还有蝶恋。

的确，抵不过。抵不过，苍凉处的悄然无声的欢快。

若是，心能似置在荒凉处的那般安之若素，哪管倦从何起，又从何落？

生命的花朵，用心来嗅嗅，即使不见香气，也亲近遗世的清孤。

心，见素，见味，就亲见真正的生活。

六

心若倦了，不会有人知道，也别奢望有人能懂。

有风度的人就是：倦罢，敛裾而去。像陌上归人，独自从山中走来，没有人陪伴。也不需要陪衬，走过，路过，心都有感知。虽然，孤独，也见尽路途风光。

有些事，只适合自己懂。

自己懂，就不必在意别人的感受。

不管心倦或者是心欢，都能把风吟，与雨听。放逐在自然里，放养着，才无拘无束。

闲云野鹤一般，多自在。不必担心风声鹤唳，心自然就不会四面楚歌。

心倦不为惧，总有可以栖息之地。尽管，在自己的田野中，不悲于耕耘就会生花，不会是荒蛮瘠地，了无生机。

<h1 style="text-align:center">七</h1>

安妥的心，把生活的荒凉之处无限开垦。

门板上一把锁，修篱筑笆，在自己的世界里种上一片花园。倦了，困了，伤了，还有鸟语花香相伴。唯有在心灵上构造神秘花园，才能让你有暗度陈仓的通道，迅速抵达释怀的幽谷。

心，就不会是荆棘丛生。外面风大雨大，上了心锁，不闻窗外事，心灵的花园，都是云淡风轻，阳光明媚。困也好，倦也罢，有路可去，才不至于无处安放。

<h1 style="text-align:center">八</h1>

心若倦了，神也伤了。唯有绿色的心，能盛容自己。它需要平常的生活里坚韧的浇灌，挚爱的孕育。

那么，心的本色该是像有人所说的那样：

"成，如朗月照花，深潭微澜，不论顺逆、不论成败的超然，是扬鞭策马、登高临远的驿站；

败，仍清水穿石，汇流入海，有穷且益坚、不坠青云的傲岸，有'将相本无种，男儿当自强'的倔强；

荣，江山依旧，风采犹然，恰沧海巫山，熟视岁月如流，浮华万千，不屑过眼烟云；

辱，胯下韩信，雪底苍松，宛若羽化之仙，知暂退一步，海阔天空，不肯因噎废食……"

九

心若倦了，栖息一会。

来一次停歇，来一次放下，来一次重整。

恰好，让生活也来一次新陈代谢，以后的日子，会更具有趣味。

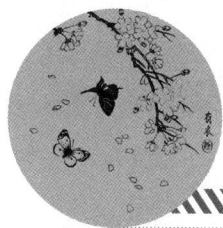

第四辑：心如流水花自开

佛以一音演说法，众生随类，各得其解。每个人看见的、听到的也许是相同的，但在自己的脑海中、心灵间，却是一万幅作品。

生活苍凉，总会寒去暖来

苍凉，总会暖来。生活，需要炽烈的心来点燃烂漫的星火。

有些人的心，太冰凉。一个冰冷的人，他的心是寒冷的。纵然百般捂住心，生活也难能热乎起来。生活，只会把惧怕的人心冰冻起来，却从来不会去把一个铮铮铁骨活灵活现的人困束。

苍凉不散，犹如困兽。在生活的圈子里反复地踱步，也走不出苍凉地带，进退两难不足为惧，可怕的是，永远不敢去尝试着突破这一层阻碍。那是，从未挣脱过内心的枷锁。

这么冻的痛，揭开了苍凉，别人不愿靠近，因为那里心太冷，冷得太令人心寒，让人心寒的也是你的世界很荒凉，从也不肯去燃烧生命的火把。没有了对生活的热力，当然不见朝气，也不见生机，荒废了整个生活。

你的冰冻，寒气袭来，太凛冽。你应该知道，这个世界万物生长，心身一定是向着暖意，才见风华焕发。

其实，无论人生有多少风雨与冰霜，总会有人敢一一应对。而这样的人，往往是能坚持到最后的胜利者。

苍凉，永远不止是你一人。

有些人，宁可隐忍疼痛，也从不去诉说，他心中有暖亦懂得取暖。他迎着风雪，走着走着抖落了一地的冰块，笃定神闲，深一脚浅一脚迈向心中最暖的去处，他相信那里，柳暗花明又一村，那里总会有艳阳高照……

说不尽的苍凉，也道不尽的寒冬，一切将瑟缩在极度寒冷里乍惊乍颤。生活，厄运不断，优雅就在深刻里。深刻，就是灵魂深处的呼吸，呼吸着疼痛。只有历练，才能深刻。

行走在风雪中，拥有真正定力的人，与风雨往来，吟风听雨，来去自如，行成诗意。即便，天地冰封雪积霜阻，他们的内心有着磅礴的气势与非凡的热量。

同样的路途际遇，他们往往不需要去说明，不必要去表白，当你靠近时，他们的热度足以燃烧千尺篝火，耀辉万丈，整个宇宙充满着热能量。那是，他们一直站在风雪中，却从未放弃过蓄积暖阳于心间。

雪中悍刀行，即便是雪尖上，也挥舞不拘的刀锋，豪迈悲壮地直刺苍穹中的风雪。尽管凛冽，风采依然，风骨岿然。

雪皑皑霜冰冰，不止你一人冰凉，不止你一人寒凄。你必须知道，呼啸的风呀狂舞的雪呀，都只是在心门之外。你应该相信，生活无论有多不幸，始终总得进行着。心若有暖，自然冰释霜也化。

心有暖意，光风霁月，云淡阳媚，他的世界里光芒万丈，不会冷露到彻骨。真正能运筹于帷幄之中，决胜于千里之外的人，风骨节气从不屈从于身外的困扰。正如苏轼有云："古之立大事者，不唯有超世之才，亦必有坚忍不拔之志。"多大的风雪，都弥漫不过他的心墙。

如果心是向暖的，那么本质应该有如"咬定青山不放松，立根原在破岩中。千磨万击还坚劲，任尔东西南北风"的坚韧，宛如"臣心一片磁针石，不指南方不肯休"的执着，犹似"荡胸生层云，决眦入归鸟。会当凌绝顶，一览众山小"的豪迈……

只有暖光，能让人倍加亲近。心间藏着火把，就会燃烧一生的寒冷，炽热的心就是一道散放的激情，可以暖和整个世界。

苍凉的流转太久了，心生寒潮。没有阳光便没有活力。人生，是一程一程驿站的前行，是一阵一阵霜雪的迎击，是笑对人生种种的意气风发……

苍凉，于这个岁月里数不尽。但，绝对不止你一人去独对。风雨霜雪袭来，正是奏鸣一曲用你精魂谱写的歌谣，它悠扬婉转沁人心扉……

在这个人世间，有苍凉流来亦有向暖不息，这就是万物迸起生机之源。

懂得，百般尤好

懂得，仅仅两个字，心就暖阳普开，阳光匝地。

与人相处，懂与不懂，决定亲离，不懂你的人和你不懂的人不会如胶似漆，懂你的人和你懂的人不一定形影不离，但两人一定会产生牵念。

懂得，像是品得一盏老得不能再老的老茶，未入口醇香散发，已诱人蠢蠢欲动。喝一口下去，那样的味道就是自己多年来一直在寻找的那一道味。顿然间，心神舒爽，念念不忘。

懂得，一方面源自于了解，另一方面来自于共鸣。对一个不懂得你的人，你没必须多说，说多也不懂。

懂得，不会不屑，更不会亵渎。那是心灵的辽阔，心灵城墙四通八达。

在懂的人面前，你来去自如，不必拘谨，直来直往。因为，没有阻碍，更不会有阴森与深沉。

对一个懂得你的人，你不需要说，他已对你想说的话了然于心，这就是思想乃至于心灵的相照映衬。

思想走不到一起，志趣目标自然迥异。首先是思想上相偏，后来萌发疏离。只要是思想接受不了的，便与其相冲，自是难以深交。

看不顺眼，自然总有他不顺眼之处。若看他顺眼，多大的缺失，在眼里也是完美的。也就是说，思想是心态的前缀，思想上能认可，心态便能承受。所见，都会是他另一面的好，所以，愿意去接触。

万顷沙漠之中，心中的绿洲永远都有很多人去寻觅，那是生命的需要。这世间，懂你的人和你懂的人，有几人？

每天，擦肩而过多少人，茫茫人海中，谁懂了谁，谁走近谁？走近的，懂你的，往往是在身边不经意间发现的，待你茫然若失时，原来是他点燃了共鸣的火光，使得你安然，暖和……

人生，在千回百转中无数次地错过，也仅换回一个人的对心。交往过错，才是遇见对的人，通过无数次的筛选之后，对的人才从远处姗姗来迟。对的人，必定是你千呼万唤始出来。

只有对的人，才真正懂得你，你也懂得他，才会擦起思想的火花，两人间心有灵犀，不言却自知一二，不见却也知暖知冷。

懂得，便好。言行举止、喜怒哀乐便写在了彼此心间，不问也懂得对方的心情。不说，相对有话交流。这是心的交流，情的共融。

懂得，站在是非黑白面前，定会全力相维护。即便是错的，也会一番语重心长地使人心知，不会因此而心有愠怒。也绝非一味地包容，更多的是发自肺腑的言辞。这是包容，也是激励。

懂得，风起时分，能感到不远处，你为我修筑一座密不透风的城堡，点亮一盏清灯，为我指引，为我等待。这是注入力量，也是留有港湾。

懂得，那些悲喜与得失，你不是分享就是激赏。得，亲而有离，失，不离不弃；悲，心有疼痛，喜，心喜如花。需要与不需要，不用打招呼，你懂得恰守与待望。这是坚信，也是隽永！

琴瑟相和，肝胆相照，是因为懂得；两肋插刀，不顾一切，也是因为懂得。有些人，一辈子没有人愿意去懂，他的心一辈子是孤独的，更可怕的是，孤独到终老还不懂得，究竟怎么会无一人懂得。

山水傍依，依旧分明。山是山，水是水。两者间，不是谁孕育了谁，是山水的相惜自成一脉山河，自然之间得以相互映衬，千古依旧。

最好的朋友，不是挥之即去呼之即来。懂得你的人，最需要时他出现了，你意料不到的是，你明明没说你的不幸与悲愁，他穿风越雨，无阻自来。也只因为，懂得。

蜜蜂说，花儿，待你怒放生命时，可否允我把你生命的芬芳采撷？花儿说，蜜蜂，我的生命的芬芳，需要你的输传，因为这是你我的使命，不需打招呼。于是，蜜蜂与花儿在默契中都完成了生命的使然。也只因如此，亲近成了责任。

三千青丝，风烟悠长，归去来兮。朦胧一阵，烟缭一阵，风行一阵，最后，天地俱静。该走时走了，该来时来了，很自然也很及时，来得也悠长，去得也幽远，所留下的是心间一道抹之不去的深刻。

懂得，彼此每一次的相见，恰似久违，千山万水而来。太多的话，说不尽。

我一个懂得自己的人并肩共走江湖。尽管，疾风骤雨百般冷露，在对方的心里已悄然筑起温暖的居所。

懂得，就是最贴心，百般尤好。

最大的恩宠

恩宠，仅仅是这两个字，瞬间，泛起温暖，直撼心魂，浩荡无疆，受之大幸。

最无形的恩宠，就是置在流年里从不腐朽的赤诚。从干净的灵魂里，盛装着无与媲美的高雅。

绝对的认真相待，绝不掺杂一丝丝的杂质。它如梅兰竹菊般高洁，它如兰亭集序般率真。

看得见感受得到，都是如此的真切。是一片丹心来浇灌滋养这份守真，那是如此的高尚。

面对这样的真诚，迫不及待，急揽入怀，为此能推心置腹。

绝对相应的真诚，绝对给予够分量的呼应。它，就是最大的恩宠。什么都不必说，真诚的心不用言语就轻而易举胜过万千形式上的授受。

永恒的真诚，换回的只会是短暂的虚伪；永恒的虚伪，换回的只会是短暂的真诚。

彼此间的城门大开，坦坦荡荡，进出自如。

一颗真诚的心，嫣然含笑，顾盼生辉，谈笑举止间落落大方。

出水芙蓉一般冰清玉洁，在幽幽的湖潭之上独自花开，不惧于急流暗涌。她宁静，淡泊，美丽，她有时也会遭到深潭骤湍和沙石的袭击，但是，她凭借着自身的净化作用，很快会平复污水翻滚，仍旧不改自己高雅的容颜。

真诚，于岁月永恒不变的就是那一份优雅的姿彩，从心里就盛放着无比的圣洁。

面对这样的真诚，怎么不推心置腹，为此拳拳服膺。

于这个人世间行走，什么都不必去巧取，不必去刻意，拥有一颗真诚的心，就可舞动乾坤，呼天唤地，四方聚集，有取之不竭的至宝。

不论岁月风云多诡谲，始终持"唯天下之至诚，胜天下之至伪；唯天下之至拙，胜天下之至巧"作为安身立世的唯一坐标。

她如高山流水般激越，又有飞檐回廊般玲珑。真诚的心，从来不需要去索取，相反人们更加愿意与之掏心掏肺相对。

真诚，就是一种韬光的智慧，养晦着无为而治。一经交流，那言辞间透露出真情实意，让人踏踏实实地信赖，足够放心地信服。

这样的真诚，怎么不感动天地，教人骨魂相镂，共行在悠悠岁月里无惊无恐。

你细细看，真诚的人在容颜之上隐居着磊落的廓线，眉目之间乍见遥襟俯畅，逸兴遄飞，那双炯炯的眼眸里，澄澈敞亮，纤美光明。

尽管，世风日下。奸佞虚伪的小人得逞一时，也无奈怎么就对真诚的强大诚惶诚恐。

心虚，不实。假装淡定，在真诚面前如坐针毡。识破，不需要道透，真诚的气场与虚伪的空洞，一相见不用比较就分高低。

真诚的强光，可以透过阴暗，把丑陋看得一清二楚。真诚的人，不需要去识穿人，自然有人来识好。

她如驿外断桥边竹篱般清静，犹似小桥流水般淡泊。不用去表明，也不去道破，知趣自然就会庄重相待。

真诚，问心无愧。透明的心，天地可鉴。面对这样的真诚，那是蕴藏着万丈的光华，每每相处便自得辉映，自是安然。

君子坦荡荡，小人长戚戚。真诚，岿然不动，小人动荡不安。

精诚所至，金石为开。诚，敢仰对天俯对地，还有什么不能让人撼动？

真诚，无论给予或是接受，都是最大的恩宠。如若，傲慢了真诚的心，生活将会四面楚歌。

人世间，最贵重的就是真诚的心，你我都不可或缺。不论谁人，都亏欠不起这份真诚的恩宠。

至高修行，当如水

这人世间，智慧的生活，无须太多参照，且看水性水德便知晓。

它承载着人类数千年的文明，滋养着万物生存的律韵，饱含着点点滴滴的生活哲学。古往今来，文人墨客都用各种不同的方式来对其赞叹有加。

《老子》曰："上善若水，水善利万物而不争。"意思是说，最高境界的善行就像水的品性一样，泽被万物而不争名利。至高无上的善，如同水一般利于万物生，而不为己争逐私欲。

水的性情应该是这样：

柔和是她的本质，清澈妩媚的柔情，明亮清澈的流溪，这也是生命的妩媚；不疾不徐，遇刚则柔，见阻而绕，不会争斗，柔化和善。

执着是她的态度，源远流长，奔涌不息，也是生命的崇高。水永远奔流不息，永远向前方无怨无悔地前进。水有一泻千里的轻妙，有川流不息的勇敢，从不因任何而停止前行。

谦卑是她的姿态，"高处不胜寒"，顺低而行，避高而居下，只为汇流浩瀚，这也是生命的豁达。"心潮逐浪高，流水心不竞"，幽幽山谷，盛装千百，天壤之间，唯水平居多，因为谦卑，所以盛大。

大度是她的胸襟，可以容纳百川，融为一体，这也是生命的气度。心胸间从不排斥珊瑚、贝壳、雪莲与鱼物，滋养着万物，她存在，就会有生命的律动，万物的生机。

她，给予人类物质的馈赠时，更给予人类艺术的灵感和精神的滋润；她像是空灵澄澈的月光，点缀星空的绚丽；她像是奔流不息的勇者，所向披靡地奋进。

你看，那盈盈一水间，不是浑浊，而是清净；不是肮脏，而是明净；落花流水，缓缓淌行，不牵带任何东西；有德有爱，滋养万物，没有任何索求。她一生的写照：至善、至美、至清、至从容……

如果说，石为山之骨，那么水则为山之血了。她翻越磐石，飞流三千尺的洒脱，振聋发聩的瀑声和轻快流畅的缓静，这绝不是空泛造作，而是生命早已植发的乐章。

山有山的沉稳厚重，水有水的飘逸灵动，活跃也有安静的一面，单调也有浓郁的蕴藏。静与动的搭配，静定与微澜的精彩结合，激扬也好，静定也罢，且行且悠然，从不会迷离自身的本性。恰似人生中也总会悲喜成败交替，这才是在生活点滴中滋生色彩的因素。

水的本身，就蕴涵着至高修养。

她的心灵啊，一直沐浴着清纯，以此洗除污垢。要不，也不会有圣贤孔子所颂赞的"五德"：常流不息，能滋养万物，就是有德；流必朝下，不倒流，或方或长，遵循自然规律，就是有义；浩大无尽，就是有道；流向万丈山涧毫无畏惧，就是有勇；安放没有高低不平，就是守法度。

水的本身，就孕育着聪慧。

她行止自如，随遇而安。她变换着灵巧却以持真来彰化：

一则，自己不变，而随着外物调整融通；

二则，本自保持清净，而时刻扬清激浊；

三则，常寻求近路，任何境况永不休止；

四则，愈受阻碍，愈发前进不倒腾退步；

五则，汽化为云雾，落则为霜霰，凝固则坚，不失本性。

"上善若水，厚德载物"，人如若拥有似水一样的性情，在有形无形中自然就塑造了刚毅的德基，善行了万物，那便是高山仰止，景行景止了。

人生，至高的德行，当如水！

我们，瞒不过时光的流逝

我们，一度瞒天过海，挥霍光阴，却瞒不过时光悄然中的流逝。

那时年轻。年轻太多无谓，也太多无畏，青春一去不返，破碎了流年。有悔，也挽不回灿烂的年华！

蓦然回首，是秋风，也是落叶，还有老去的枝干。昏染了整个景色的凄凉，别去朝朝暮暮后的老去。

一程山水，一程风雨。走过，三千风与雨，云与月。还有，那五千亭台与阁楼，那人，那事，那景色，是你走过无数人，也是无数人走过你的路途。

物，也不是当年，人，也不是当年。而我们，记忆里的当年，是犹新，也是模糊。那是，一切都在无声息中起着翻天覆地的变化。

我们，瞒不过，瞒不过自然的消逝。不必瞒天，因为有时间的印记。不必瞒地，因为有山水的佐证。不必瞒心，天在看，地在说。

自然的规律，教会我们——这个人世间，有繁华也有衰落，始终是，老去。当，安详地老去，宁静地生活，灵魂便站到了一定高度。

当我们瞒不过时光流失，瞒不过逝去的青春，最理想的生活就是：做一道柔和的流水，缓缓地行走，涓涓细流，不疾也不徐。

生来，行走成优雅。在大地间，用不卑不亢的情怀行走，在骇浪里，做一叶扁舟，拥着从容不迫的淡定悠游。不用瞒了谁，时光虽会剥夺，那心灵愈来愈丰盈。

行云流水，去意无痕。刻意强留什么，也都不是什么。那是，瞒不过内心最终的需要，需要不断地舍去，不断的淡泊，才见简静，才见纯净！

行走在时光的隧道，承得起天地间的考验，风雨里的历练，生命因此而厚重。一个厚重的生命，不屑于时光的流逝，他不必瞒着日月，不必掩人耳目，可以载得万物，而万物归心。

生命，会疼痛。成长，要换骨。威风八面的人，在与有限的时光无声较量，较量着把心来浑厚，然后用德行来孕育生命的花香。

成败得失间，将岁月铸成一首铿锵激越的诗行，富贵贫穷里，将人生弹奏成一曲流转年华的交响曲。是掷地有声，也是沁人心脾。

不瞒时光，是李白，也是贝多芬。那是，何等的情怀？何等的造就？

生活是标杆，而时光是尺度。在渐行渐远的光阴里，我们与岁月欢歌。细数着，那逝水流年，那点点滴滴的过往……

这难道不是，我们诗情画意的人生吗？

博大的心，委屈来撑大

人生在世，种种痛不堪言的事太多，能吞下多少苦水，心胸就能成就多大的浩瀚。

活着，也只为行走。有时候，有些低头，也不过只为了更好地抬头。

有些经历，我们曾经相识。有些过往，太多雷同。这辈子，总会碰上太多不可理喻的事，让人啼笑皆非的事也会数不胜数，而这就是生活。生活的本意就是：生来，活下去，无论种种遇见。

这宇宙间，最复杂莫属人心。

让人复杂的大多也只是得失荣辱之间的那些事儿。有人的地方，就会有是非争执。豁然开朗的人，拂尘而去，不留只言片语，自是悠闲自得。斤斤计较的人，反而愈发争吵不休。不休，也就是为了那些破事儿，守着残缺。因此，恍然若失。

生活的大赢家，往往吃得起亏。吃得了亏的人，大体上就是塞翁失马，焉知非福。无论谁人，生活在这人世间里，都是先吃亏，后来才成就人心的高度。委屈，也是一种成长。

有时候，不是自己担当不了，而是因为某些原因，得隐忍一下小人。一个小人得逞，也不过虚空一回他的心胸，得意一回他的自私。

一个非置你于死地的人，百般招数都使得娴熟，千般谋计都可以不择手段。原因也就是，他的内心世界里，仅仅剩下贫瘠之地，骨魂早已瘦骨嶙峋。他所谓的丰盈，也只能建立在损人利己的行为上了，不然将会走投无路。通常说，他也只有钻营与利用，才能活得下去。越是得逞，越是将近悬崖。

有些事，不是和谁过不去。而是，有些人从来没有放过你，得寸进尺的事比比皆是。惹不起，不是因为惊恐或胆怯，而是不想与他再纠缠不休。有些忍让，是为了更好地盛装德行，磅礴生命。

现实生活中，存在的即也是合理的。人性的丑陋，大体是利所驱，名所缰。也只因为，原则性降服不了诱惑力。这也恐怕是诱惑力使得他迷失自我，肆无忌惮地生活。

损人利己的事，做多了，终究会自掘坟墓。干了多少勾当，就有多少损折。伤了多少人，就有多少的罪过。

上帝让一个人灭亡，一般先让其疯狂。疯狂的人，自然做出违背良知的荒谬绝伦之事，到了一定的程度，若人不反，天会遣人。

别把委屈当成阴影。委屈了自己，抓不住的心，才是狂乱。狂乱了的人，无法自拔，在不必要里耗尽光华，那是最不值得的委屈自己。

人生的太多相逢，其实无论停留去离，都仅仅是一阵风一场雨后的平静。

人，总是受委屈后，才更明智。走走停停，才是生活。遇见不快，才优雅转身。不必纠结在一株草一根树前徘徊不定，春夏秋冬总有更怡然的风景。

走到苦的尽头，将能抬头平视这一切纷至沓来的不公。这时，无谓心忧，无谓何求，无谓悲喜。藏匿在心间的点点滴滴，流转着古琴一般五音十二律的音符，那是一首动心的乐曲。

你听，当委屈走尽，剩下的就是荡气回肠的音节，那是高低远近宕跌起伏后的曼妙，那是浑厚、圆润、旷达所能成就的悠远与深厚。

当你弹尽了委屈，也正是微笑行走时。慢慢行，慢慢走。而一路来，委屈的灌溉，真是滋养了心智，博大的心不会再有歇斯底里的怒火攻心。凡事能够淡然处之，这人也一定是走过了风风雨雨，一边承受也一边担当地走来。

自古以来，脍炙人口的典故不胜枚举。

有如韩信，胯下之辱，而后统帅雄师百万；司马迁，受宫刑还写了史记，流传千古；越王勾践，卧薪尝胆，三千越甲灭吴国；屈原被放逐而作《离骚》；曹雪芹家徒四壁却写下了不朽的《红楼梦》……

忍得了多大的委屈，就能撑起多大的心胸。某一天，可以闲看花开花落，静看云卷云舒，你会发现，在无尽的委屈里有形了自己的生命，百毒不侵心后的历练，把人世间的烦忧抛得更遥远，更彻底。

这世间的尘埃落定后，如同秋天的落叶一般，静宁安然。饱满了的生命，都是从无到有，然后有又到无的过程，轮回舍弃里所形成的雄武。

彪悍的人生，即能容得了种种委屈，胸怀自然无限博大。从此以后，所见所闻，一笑了之，这是一种大气从容的气魄，一种宠辱不惊的处世格局。

墨　香

一个人，灵魂贴近于墨香，自然不受任何身外之物的牵绊，避开尘世的喧嚣，觅一处静地，在幽静中研墨闻香，拂拭俗世尘埃，卸除一身的疲乏，走笔挥舞着自然的字词，飘扬着淋漓尽致的人生影照。

笔走龙蛇也好，龙飞凤舞也罢；在字里行间，捺撇横直，顿止弯钩，勾构着似蛇盘旋，似龙腾空，如花怒放，似水顺畅，奔放自然。一气呵成也好，执笔凝思也罢；段段落落中，字字相衬，言为心声，语法凝练，倾墨诉泣，如歌时而轻吟，时而高亢，娓娓动听。

每每执笔研墨时，屏住气息，仔细聆听，仿佛听到荷塘花开的声音，宣纸犹如一泓碧水，墨行于静水之上，走笔如花舒，顿笔如枝展，字字连绵，似含苞待放的荷花。

字词的灵动宛若伫立于水中央，句句如延绵，荷花娇韵美姿，丛生于池水，借得月色纵横跃动于碧绿中，展露诗一般的激越，歌一般的妙美。闻着墨香，翻着书卷，挥毫瞬间，呼欲而出淡淡的香薰，沁人心脾，心悦神怡。跃然纸上的不仅仅是字节，更是一种安详与静谧，一种享受与悦宁。

　　与文字对话，与墨香携行，唯爱觅幽门寻僻静，独自一人心无旁骛，贪婪地品读文字，推敲字节，闭上眼睛梦回与圣贤孔孟盘坐取道，与诗仙李白对酒参诗，与孔明端面举棋策划；挥洒着不拘的狼毫，任意去书写一篇恢宏洒脱的长河，任波涛拍岸，汹涌澎湃，尽收眼底，观察入微。

　　红尘旖旎，躁动浮生。处于墨香缭绕灵地，贴进静安凝神之时，宴请墨纸与砚笔，促膝长谈，推心置腹；品读挥毫之际，与其说是闲情逸致，不如说是修身养性。

　　如此的心境，绝对不是孤傲离群，不是闭关锁心，恰恰相反，是内心世界的充盈，去俯身品听晔章，书写篇章，从而纳精华粹，厉兵秣马，蓄势待发。而这样的人，往往是懂得拒绝灯红酒绿下的翻腾，杯盘狼藉上的吆喝。显然，这需要一种谦怀，一种淡泊，一种超远。

　　骄傲自满的人做不到，因为他以为全世界唯独他无所不能，无所不及，他不懂得谦怀若谷才能盛装万物；所以，过于自大的人不会懂得非潜伏无以惊鸣。

　　贪欲图谋的人与之相悖，因为他眼中的权益高于一切，从此障住了善念，绞尽脑汁，唯利是图，他不懂得适可而止才能安悦身心；所以，过于贪欲的人不会懂得非淡泊无以明志。

　　患得患失的人与之背离，因为他对遭遇的种种得失过于耿耿于怀，直至故步自封，束缚了心灵的翅膀，活在郁郁寡欢的过往，他不懂得勇于放下才能安然得到；所以，过于抱残守旧的人不会懂得非释怀无以超远。

　　如果说，生命是一枝不凋落的花朵，那么，墨水便是滋养心灵的阳雨，笔杆即是挺朗身姿的枝干，纸张则是吐故纳新的吸收，砚台无疑就是肥沃延平的土壤。

墨香熏陶，使得文人骚客宿醉，端仁一方案台，点亮一盏青灯，笔墨纵情，品读参悟，灵慧自然由心而生，洞然万物不迷不惑，怡情养性悠然自得。

平和，修为的至高境界

修身养性以心平气和为至高境界。

平和的人，向来内心上不急不躁，不疾不徐；言行里不温不火，慢条斯理；态度里不专横野蛮，和蔼可亲。

平和，才能持正。如是平得阳阴，衡之天地，不受尘世间浊气混侵，把真净与无我都归心。随后，与自然拥抱，从容坦然应对一切事物，此乃为平和！

早已经看懂了，人生从无到有，又从有到无轮回。这就是，平和之前的岁月给的深刻，平和以后的自然馈予的归真。

从某种意义上来说，平和的人实际上拥有一种弥足珍贵的高情商。

人生最难能可贵的东西，永远最是稀缺。人们刻意去追求的东西，往往就愈是难以得到，最安全的应该是自然给予。平和的心态，不是索取而来，也不是借鉴得来。

当然了，这需要付出，付出青春的代价。这个代价，是无比沉重，无比冗长。

它是行走在岁月里，把自己翻滚过千百回的磨炼。然后，把锐利的棱角磨得足够的平整。再然后，把青春时期那些锋芒来逐一敛收。直到最后，听到，句句都耳顺，见到，样样不碍眼。

平和，可以征服一切。不懂得运用平和来行世，也独有躁狂来驾驭你，钻营你。

宇宙里衡器，尤其公平，付出的代价有多大，你得到的就有多多。而有些不属于生命的东西，若用暴戾与巧夺，模样都会变得惨白。纵然，多么虔诚，天地也不会动容。也只因，有些修为未到罢了，也或者是境界还没到达到，所以盛容不了。

平和，那是多么高的修为啊，既是内涵灵秀，蕴藏绚丽，又能顾盼生辉，步步生莲。更是一剂灵药，一方妙丹，可平复浓淡，衡定山河，量化天地。

平和的人，磁场强度不可估量，让人自然愿意去亲近。处之又让你察觉不到一丝丝的乱意躁气，那从脸上看去的神情，是佛一般的慈悲，眉目之间无声流露出大爱。无论，尘世间多繁杂喧哗，都心无旁骛，低眉敛气，定力有如泰山。那般的庄重，那般的浑厚，让人顿生踏实。

它是概括了人生的至圣。把人生的态度与处世哲学，提炼成灵魂的高度以及思想的升华，完全处于一种超然于物外的境界。

要不，怎么会有如此多的人孜孜不倦奋取呢？这应该是人生最终极的需要，生活至高的境界了。

因为历练过风雨，所以踏实持重，笃定安然。没有情绪上的大起大落，没有言语中的歇斯底里，没有行为上的剑拔弩张。它是为人的需要！

因为看透人生得失，所以淡泊明志，宁静致远。面对功名利禄坦然应对，不以物喜，不以名累；不蝇营狗苟，追风逐利；不刻意追求享乐生活，远离世俗名利的纷扰。它是立身的需要！

也只因，安之若素的心方能遇事不乱，泰然处之。行到山穷水尽处，坐看风起云卷时，没有大惊失措、痛苦悲观，不会望而却步、闻风披靡。它是处世的需要！

平和的人，其襟怀的广博，可容天地间万物。坦荡，自然就胸无宿物。忍天下难忍之气，容世间难容之人，纳尽一切不如意之事。对误会、诽谤、打击一笑置之，不以为意，对蛮横、权贵、粗野，不卑不亢自成铮铮的风骨。它是接物的需要！

宁静的生活，安详的心境，不会再有风声鹤唳的惊慌失措，流水的从容，烟云的舒展，都是不迫与自如。

平心静气，和光同尘。平和，不是庸俗者所认为的消极遁世，随波逐流，也不是独居一隅的懦夫、弱者；而是，自古以来多少人所致力追求的心安。为此，有的独僻山间，隐于林丛，遁入无迹野外，只为避开尘世万千的喧腾，寻找一方静地，如闲云似野鹤一般悠然。

《心安吟》："心安身自安，身安室自宽。心与身俱安，何事能相干。谁谓一身小，其安若泰山。谁谓一室小，宽如天地间。"

生活中，太多人为名所累，被利所伤，原来那美好的生活却被私心杂念、名缰利锁扭曲丑化了原色，拖累了自己人生的步伐，陷入了纷争、钻营的俗世怪圈之中，这无疑是自讨苦吃，自取灭亡！这是因为没有平和作为支撑的底气。

"宠辱不惊，闲看庭前花开花落；去留无意，漫随天外云卷云舒。"平和，它不惊不惧立于万变世间而表现出非凡的镇定自若，而往往正是这种心态能静观其变，然后，洞察百态，做出令人哗然、敬佩的壮举。

平和者，从不渴望那种娇艳鲜花的簇拥，不奢求掌声雷动的鸣响，它追求的不是短暂的绚丽，而是一种永恒的美。这种美不是扭曲的包装，而是自然集结天地间的浩荡之气，流转着馥香，极好地呵护内心妙和，浑然成禅定。

　　大凡平和者，则会展现出生命的本色，彰显出人格的魅力，投射出灵魂的高度！

　　平和，即平心，然静定。恰同一场最是庄重的修行，仅在无声之中，让万物肃清了起来！那还有什么不被她所收复，所持衡？

一个人的江湖

有人的地方，就有江湖。豢养多大的私心，江湖的险恶就有多大。

偌大的江湖里谲诡诡异，险恶多端。有江湖在，必然存在争斗。究其原因，所有的纷争，不是名就是利，舍此无他。

人生，就是在江湖中进行几轮多番的智勇博弈。存活下来的不是生活的强者，就是江湖的君王。

你必须知道江湖的规律。

太多来自四面八方的人集聚一体，打着为江湖仗义扶危济困的旗号。他们或许占一个山头，建立江湖的地位，他们是一个派系，有着共同的目标志趣，有着共同的旨意口号，一切来源于相投，可想而知相投的目的了。

在纷争与夺斗面前，派系成为庞大的后盾，成为每一个江湖人的底气。敢于掀起风浪，正是因为有某种底气的支撑。这样的帮派，同样也是一个帮派的江湖。表面风平浪静，却暗流着多端的谋篡。于是，这个江湖更险恶，险恶之处在于有过多的貌合神离笑里藏刀。

能独闯江湖的人，必定是能独当一面的武艺高强之人。他通常独隐于山间林丛中，不需要派系或帮教，却能狂澜不惊，舞动乾坤。他不需要去对谁证实剑侠情缘，不需要对谁表示忠肝义胆。他只负责：不卷入江湖的漩涡；生命中在乎的人不被江湖的争斗所渲染。

一个人，他不必去防范身边江湖的突变风雨，可以独自去闭关修炼韬光养晦。他不是退隐了江湖，而是看惯了江湖的纷扰争斗，身不在江湖却能着眼知见江湖事。他不需要为名利地位挥肩呼令，他不需要为帮派密令而舍生忘死。他的宗旨：江山多娇，盈然在握；淡泊守义，宁静致远。

这个江湖太扑朔迷离，邪与正、善与恶总需要区分。

江湖，也只有两种人：君子与小人。

君子舍生取义，到哪都会风生水起。恰相反，小人害人利已，到哪都会倍受冷落。江湖的律例就是小人只能匍匐在君子的脚下摇尾乞怜。即使，有时候小人得志，终不见好景长。

立足于江湖的不败之地，承以仁智文武兼收并蓄。若是一个人独行江湖，有着浩然正气与义薄云天，所构建出来的一定是磅礴的阳刚气场，多大的派系都镇压不住他的气贯长虹。高手如云的江湖里，一个人的江湖行是有点单薄。真正的高手，如遗世孤立，清高非凡。这样的人，不需要礼赞，不需要赏识，活着铮铮铁骨光明磊落，在这个世间，这样的风骨侠情最是弥足珍贵，同样，对江湖多变波澜不惊，隐迹于深山野岭韬光养晦！

江湖的高手从来不认为自己是高手，那是因为山外有山，人外有人。因为高深，所以收敛。

江湖，有死而后已，有飘然隐去；有儒生草莽，有佳人侠士；有悲喜哀怨，有爱恨情仇。太纷扰，理不清。看淡后了然于胸，陡然觉得，一个人江湖行，就是自在，就是简单，就是快意。

江湖的险恶可以促使你对江湖提防守御。生活在处处提防与谋算的江湖里，说到底，纵是得也尽失，纵是荣也近耻。

这个江湖太纷乱喧嚣。

恩怨情仇，横生枝节。纷纷扰扰的江湖里，究竟有多大的纷争直教人宁可玉碎不为瓦全。在包罗万象的江湖里生死搏斗，你完全无法预知谁结果了谁的生命。因此，安然不了……

江湖谲诘，吉凶悔吝。越对江湖有着深刻的认知，越是不恋江湖。

一个人的心若不染浮尘即是恬静，所有的江湖纷乱事，也难扰他独有的风采江山。

一个人的江湖，行走在淡泊里也定然会快活。

等一场雪，等一个人

一

人生最大的耐心，就是煎熬地等。

其实，我们都是在等一场雪来。

每个人的路途，区别也仅仅在于春夏秋冬罢了。

有些人的春天，并非盎然；有些人的夏日，并不热烈；有些人的秋季，并没丰盈。也正因为如此，人生太多残缺，太多遗憾。

我们，在苦苦等待一场雪，其实是在等待别样的春天。也只有这么一天，当春夏秋冬都走完后，那一场姗姗来迟的雪啊，从来都是不急不忙，慢慢走来……

二

你不必心急如焚，会惊吓了她走来的频律，你细细听，听见那脚步是深一脚浅一脚。真的急不来，雪会来。

岁月，总会给人一个交代。只是，你得等待这一场雪来，等她来与你在隆冬里冬藏一次。

肃宁的冬，不见一丝丝躁气，原来的喧嚣，不再跋扈。平柔的气息里，虽有寒气袭来，却不是那么的放肆。那是，隆冬也在等雪来。等着，这一场白雪的纷扬来铺天盖地，覆封所有的尘埃。

三

也只有这一场雪，可以彻底收复尘嚣。任何张狂之物，无奈纷纷躲藏。只有雪的冰清，雪的圣雅，在这冬季里无所畏惧，无所讳忌……

人的生命，当等来了真正的第一场雪，才足够强大。风寒雨凄，那能算什么？不过就是一阵凛冽之怒，不过就是一番透彻洗礼。

只有雪，让苍穹之下的万物藏隐起来。那是，恭敬。

只有雪，皑皑洁白可以揽拢遮罩杂质。那是，辞旧。

冬藏，冬眠，冬归。其实，都是在等这一场雪来迎新！

四

大地茫茫，皑皑白雪。乍一看，遍地残枝布满雪花，其实啊，都是在新陈代谢。

整个宇宙间，看似不见生机。那是隐藏着轰隆隆的引力，所以不声张作势，暗自蓄发。

而这样的引力，蛰伏着静、圣、洁、雅。仅以此，来攒足这一股无声的力量。待得，白茫茫的大雪，慢慢融化后辟开新的天地。

随后，整个宇宙间，万物复苏，生机盎然，天地清新。

不经霜雪，怎能蜕变？

这一场雪，将迎来新气象。隆冬的刺骨，也等这一场雪来平复。

五

等一场纷纷扬扬的雪花。

倚窗眺望远方天地，顿然间百般的肃清。你想，那欲断还休的雪在敲打，屋檐上的叮咚作响，是可以让人的心魂忘情伴舞。那是多么强烈的期盼！

真的渴望与雪，能来一场深情的相遇。不诉离愁，不倾思苦。若来了，相迎；若去了，相送。

而这一天，往往让人望穿秋水，牵肠挂肚。只为等待着，在茫茫天际里与雪来一次热烈的相拥，厚重的相拥。

尽管，她会慢慢融解，而我们的生命因此暖意不息。

六

等一场雪，等一季春，等一个人。

其实，在等一个穿过所有的风雨与雪霜，踏着诗意，携着韵美的另一个自己。

若没有雪来，生命怎算得上更冰清？

只有，等这一场雪到来，深刻生命。

对的，生命需要不断地激昂，恰似等待这一次与雪的重逢。

当，所有的过去变成一场雪来叩问自己的心魂，让人等待着又振奋着，拉开别样的序幕。

等这一场雪，值得去用煎熬来恭候，值得用至诚来恭迎……

品味孤独

孤独袭临甚是乏味，孤独本身因心而生。

可以孤独，思想不因孤独而停止，心境不因孤独而烦躁，方能细细品味孤独中潜藏的益处。

孤独产生思想，孤独历练心智，孤独启发智慧。

孤独的夜点清灯，伏案头，释黄卷；孤独的人思己为，省己行，检心智；孤独的人也就进入了不孤独的境地，由心的指引踏进了不平凡的领地。

征服孤独的是人心。人可以足不出户，心若浮躁飘忽只会屈服于孤独。在孤独之中心无杂念，也就贴近了自然，唯此方可驾驭孤独。

孤独的个人世界里，在孤独的脚步，孤独的征战，孤独的忍受中前行，从孤独中成就辉煌。世间有多少人日夜独咀孤独，饱受孤独的煎熬，从中超越自我；多少事物受尽孤独的洗礼，从中活出自我。

耐得起孤独，就经得起考验。诸如：忠贞、稳重、沉着、淡定……好多人所致力追求打造的品质，都是在孤独中隐藏着的。只是，只有耐得孤独的人才会拥有。

孤独的人不孤独的心与不孤独的人孤独的心本质上截然相反，一种是心智上的巅峰，而另一种却是处在精神的低谷。

沉浸于声色犬马的人不会品味孤独，而是借此拒阻孤独从而获得一丝生活的充实感。然而，这是自欺欺人的方法，曲终人散时孤独总会来访，不习惯孤独便视其如洪水猛兽般，活着总觉得是受罪。

品味孤独，知晓生活点滴。敢与孤独相交际也是修身养性的一种修炼。在清灯孤影、万籁俱静中细细品味孤独的力量也是一种益处，在孤独中驰骋思想，造就不孤独的自我，融入孤独仔细认清颇多道理，许多迷惑会在孤独中一一揭晓。

孤独，与生俱来，是自然的规律。

事物总是一分为二。孤独的存在是合理的。而有了孤独就会有丰盈心境的存在，它储藏于孤独的空间里，细细品味才会发觉。

孤独的世界里，细细品味孤独，孤独里所呈现出的是浑厚的内涵，这种内涵需要用心深入品味才能悟知。

旷野空谷之中那娇艳的花朵，忍受孤独之后才会绚然绽放；蓝湛天空之中那翱翔高空的雄鹰，忍受孤独之后才能俯瞰天下。

品味孤独，就像畅饮一杯酒，虽含苦涩却能品出真味。就像进入一本书，字里行间启发智慧，滋润心田，丝丝入扣！

欣　赏

欣赏的艺术在于发现并领略其中的善美。

欣赏是以超功利为前提，实则就是一种审美。

懂得欣赏的人，心灵总会阳光与明媚；不懂欣赏的人，心灵阴沉与暗淡。培根说："欣赏者心中有朝霞、露珠和常年盛开的花朵；漠视有冰结心城，四海枯竭，丛山荒芜。"

生活中多一些欣赏，世界因此而充满爱。

欣赏大自然的阳光雨露，山川大河，草木虫鱼的美；欣赏人类的自强不息与不懈进步的美。

人与人之间相处，与其一味指责与挑短，倒不如去欣赏他的长处和优点。试想，对一个人评头论足怨恨连天能得到什么价值？而相反，懂得去欣赏一个人的长处和优点，从中参照善美，能够扬长避短，完美自我。欣赏是一种善良。

欣赏与嫉恨相悖，与羡慕并行；欣赏与狭隘相克，与理解共进。不懂欣赏，等于自闭，不利己亦不利人，这样势必不会发现身边事物的美，往往活在一个狭小的世界里，那是一种孤芳自赏的悲哀。

赏花、赏月、赏万象，欣欣然乘物以游心，这便是在欣赏中得到心灵的漫游与洒脱。

小草虽无芬芳之香，但可以欣赏它生命内质的坚韧与不争；劲松虽无茂盛之躯，但可以欣赏它的笔直与不阿；山川虽错落不齐，但可以欣赏它的静气与包容；大海虽咆哮不宁，但可以欣赏它的高远与深邃……欣赏从某种意义上说就是一种莫大的"得"。

世间百态，欣欣向荣亦是一种生态。不会审美有如美善不分。

愤世嫉俗的人不会欣赏，因为他们的世界里只有不满和不公。患得患失的人不会欣赏，因为他们的扭曲惊慌生存中只有落寞与惧怕。故步自封的人不会欣赏，因为他们的观念中只有懒散与安逸。学会欣赏的人就会懂得在理解与信任中淡然与进取。

诚然，欣赏是一种给予，一种馨香，一种信赖与祝福。

这便是人性的美，而这种美往往在投放散发时能聚集吸引与信任。

万象予赏心观之，得赏者欲与报之。

淡淡的生活

春，新绿悄定的生命；夏，如旭日般的青春；秋，是如水的中年；冬，亦晚晴的暮年。春夏秋冬，昭示生命的过程；春的勃勃，夏的热烈，秋的坦荡，冬的淡然。迈过热烈灿烂的季节，岁月的沧桑不只是刻写在脸上的皱纹，而是沉泻在心里的成熟与淡雅。

在这纷扰的岁月里，转换过程中锤炼出细腻淡然的内质。此时，精神与内质有超凡的飞跃。在红尘滚滚中淡看风起云涌，淡知人间得失无常，淡悟世间是非真理。淡淡的风，淡淡的云，伴随淡淡的梦逝去了年少的轻狂尊大。如淡淡的水在纷杂的社会渠道里从容，与世无争。已不再渴望在灯红酒绿中翻腾，换来的是灵性的清净与洒脱。对人、事、物、社会不再有挑剔与苛求，而付以宽容与理解，得到的是内心的宁静与安详。

淡淡的生活，简单的人生。不切实际、心比天高的幻想已付烟云淡淡而去。千丝万缕的思想，胜不过淡淡的思悟。爱恨情仇，恩怨荣辱，虽难以忘却，但可以付诸淡淡微笑之中，让一切慢慢沉淀在记忆中。心灵深处所折射而出的是一种深沉，也不再为情因，不为名利扰，不为荣辱惊。因为他们知道，淡淡生活的人懂得人生的归宿在于淡淡舒展心灵，不为世间俗事而束手束脚。

淡淡生活的人，会懂尊崇一样属于自己的拥有。知道生命中什么要执着，什么要淡化，什么是自己应该争取的，什么是应放下的。远离刻薄与庸俗，摒弃丑恶与纷争。因此，他们懂得人生需要执着，而更需要的是随缘。

淡淡的生活很美。暂别喧闹的人群，善意或恶意。独沐阳光之中，独坐花前月下，独享音乐之韵，静阅名人之作，倾听心灵之声。守住一份宁静，无所羁绊，无所忧虑，淡淡地展示自己的风采。正如，空谷仙境中的淡淡菊花香，幽香不息，赏心悦己。没人欣赏也一样的缤纷，没人欣赏也一样的灿烂，一样的静美，然后淡淡地归于尘土，从不为谁刻意粉饰，淡淡散香只为持有超然内质。

相反而言，轰轰烈烈者的生活，大多不是追求一种精神层面的拥有，往往注重的是物质享受，却忽略了心灵的丰盈与淡雅。淡淡的饭菜，淡淡的茶水，淡淡灯光下伏案头、释黄卷，淡淡的家庭在淡淡的欢笑声同样可以超越山珍海味奢侈物质的享受。一个人不管多么富有，只要心灵土壤贫瘠，就不会生长出花的淡香了，也就不是真正富有的人了。真正富有的人在于心灵的富有，家财满盈也好，豪宅名车也罢，比不过淡淡活者的富有。

静静的人生，淡淡的生活。走在海边，走在田野，走上高雅之堂，随时都能感受心灵的充实，举手言谈不失淡雅与从容。

其实，淡淡生活者不是不思上进，不是随波逐流，而是静看人生，养精蓄锐，待机而出。

淡淡的生活是一种人生境界，一种宁静致远，一种非凡淡然。

这才是我们应该追求的一种理想的活法。

低姿态

谦和，不张扬；内敛，不锋芒。为人处事中拥有此心态者为大智者。

亚里士多德说："高标准的目标和低姿态的言行的和谐统一，是造就厚重而辉煌人生的必备条件。"

头昂太高，目中无人，终会撞个头破血流。相反，低姿态则是一种有分寸的谦让，是一种宽容大气的表现，是一种和谐相处的行为。

在人生得意时，就按不住自己的独尊气势，这样的气势就是傲气。一个人可以有傲骨，不能有傲气。有傲气往往就会高姿态地审世度人，把自己的位置放在巅峰之上，而把他人视为低谷草芥。这表现为独断、傲慢、骄横。这样的姿态行世难免会成为众矢之的。

而那些总喜欢用高压态势对付别人的人，可使平庸者敢怒不敢言，使中庸者口服心不服，使大智者避而远之，倘若遇上更强硬者会斗个你死我活，两败俱伤。

譬如，一个神奇的包罗万象的山洞，要领略其中的千异百样奇石，低姿态进入相等高度的入口，便可纵观全景。高姿态势必碰壁，那只能

提高现代文阅读和写作成绩的金钥匙

西子谦作品
阅读试题详析详解

生命的花朵

文学，可以疗养一个人的心性，可以让精神得到升华。

她，永远是一道流淌在心灵的涌泉，在四季的交替中从不间断地激越起生命的浪花，在丝丝的流露中静悄地滋养着心灵，让生命穿梭在时光的风雨中，伫立在碧绿之处，盛放着花朵，永葆常青。

用文学梳理心绪，卸去烦扰，字里行间总会闪烁着柔和的光芒，穿透迷茫与纠结，使人恍然大悟，如释重负。

文字何等神奇？

A. 她，恰似圣医医治内心疑难杂症的一剂良药，往往是药到病除，如抽丝般地释负，破解怨扰，让人甚是欢喜。

"路漫漫其修远兮，吾将上下而求索。"文字的旷达、彻透、深邃，可以让颓废的心变得振奋旷达。文字的细腻、雅致、博大，可以贯穿到人的心智，筑落一条条神明的阳关大道……

当，与浩博的文字对话，如遇明师，觉解举手投足间的高深。顿然间，浮躁的心也变得敛声屏气，小心翼翼地相处，敬畏之心油然而生。

唯独文字严明，令人生畏，她们不仅仅能对世间万物解剖透彻，更重要的是，每一次的品读中，在字里行间里蕴藏着神机，能直接抵抗降服一切萌发的狰狞心性。

静坐品读文字而悟道参禅。此时，浮光不在，返璞归真，文字细语如同佛光一般穿透到心底，浑厚而神圣，鞭辟入里，直道破玄机，让人凝神冥思，几番端坐，几番伫立，几番深思……

文学，不但可以驱散孤独，还能让苍白乏味的生活变很有滋有味，一道心底深处的色彩袅袅而腾升。

常常在夜深人静之时，独饮一盏茶，在幽暗的灯光下与文字相伴随，激越灵动便跃然于纸上，恰同一首娓娓动听的歌谣，让心灵深处沐浴着美妙的旋律，轻吟浅唱中，使人心旷神怡。

文学，不但可以使人放下自卑，又能让人生重燃梦想与希望。知识的底蕴支应底气，无形中注入一股强劲磅礴的力量。

世界之大无奇不有，仅仅是字正腔圆的肤浅，不足识辨得天下奇妙，真正的智者必然以文字为舞，抗衡无知，远离愚昧！这时内心盛装的便是一个社会，而不再是一个人的自私与狂妄了。

喜欢上了文字，快乐时可以把欢悦化为文字畅写一番，失意时也可以把愁绪化为文字痛写一番。忧伤时从文字看到进取才使人奋发图强，得意时从文字看到悲凉与兴衰才懂得居安思危。

因此，"以人为镜，明得失，以铜为镜，正衣冠"。那么，透过文字的表面深入探究骨髓，人间的正道与邪恶便能昭然若揭，明了存于胸间，轻重缓急、是非黑白、进退荣辱自然也心知自明了。

文学，似是潜藏在生命中的一朵永不凋零的鲜花，傲立在空谷之中不悲不喜亦不卑不傲，在慢慢散放生命的幽香，待明者细嗅，在慢慢怒放生命的绚彩，待智者细观。

书中自有颜如玉。最端庄大气的容颜，绝对不是用胭脂涂抹出来的妖艳，应该是内心丰盈与心智成熟所表现出来的知书达理。日积月累，自然折射出那份高贵的大美，举止投足间一定是落落大方。

书中自有黄金屋。什么都可以没有，一旦爱上了文学，内心的丰盈就是一座取之不尽用之不竭的财富。心身以外所有的富有难以与之相比，只有无形的财富，才是无法用价值来衡量。当满腹经纶学以致用时，知识才是这个世间无与伦比的财富。

你说，是吗？

我个人认为，与文学为欢，其实就是抛开尘世一切烦扰，心无旁骛，静定起来，能使人逐见真知至理，直接抵达到思想的另一个高度。守到最后，使人能登高望远，决胜千里。

说到底，就是一种人生乐趣的享受，也是一个人能力与素养的需要。

如果，生命不能新陈代谢，不会汲取养分，我想，这样的生命将随风飘摇，距摧枯拉朽不远，凋零不堪即来。

那是多么地可怕。接下来，面对种种不尽人意的不幸，会措手不及，狼狈不堪。

其实，咱们无非就是为自己的生命，增砖加瓦筑起一面铜墙铁壁，让心灵面对世事的风起云涌时能岿然不动，安然无忧。

1. 标题"生命的花朵"有何特点和作用？

2. 请找出文章的中心论点。

3. 文中划横线句 A 运用了哪种论证方法？有何作用？

4. 联系全文说说文学都有哪些功用？运用了哪种论证方法？

5. 通读全文后，你认为文学对你的最大影响是什么？结合你读过的文学书籍谈谈感想。

参考答案：

1. 作者将"文学"比作"生命中永不凋谢的花朵"，用比喻，生动形象地阐述了文学对一个人精神上的巨大影响和作用。提出了本文的论题。

2. 文学，可以疗养一个人的心性，可以让精神得到升华。

3. 比喻论证，作者把"文学"比作"一剂良药"，生动形象地证明了文学可以梳理心绪、卸去烦扰、穿透迷茫与纠结，使人恍然大悟如释重负的观点，使论述更浅显易懂。

4. 文学可以医治内心的疑难杂症，可以驱散孤独，能让生活变得有滋有味，能让人生重燃梦想与希望，抗衡无知，远离愚昧，知善恶和进退荣辱，知书达理，内心丰盈，抵达思想的高度。运用了道理论证。

5. 答案不唯一，必须结合实际，语言通顺合理即可。

觉 醒

生命的一切力量里，潜藏着一种巨大的能量，往往被人忽略，那就是——觉醒。

生命的力量，源于两类：自然与创造。概括来说，分为内与外两种形式。一种是本身的拥有，而另一种是外的创造。

前者是依靠自然馈赠的力量来生存，与生俱来，生绝俱灭；后者是依靠创造的力量来行走，这些大多都是用堆积物来填充。

这或者是本质上的东西，还没有得以唤醒，一直处于沉睡的状态。

哲学家周国平先生说，人生有三个基本的觉醒：生命觉醒，自我觉醒，灵魂觉醒。

首先，你是一个生命，你因此才会在这个世界上生活，才会有你的种种人生经历。

第二，你不但是一个生命，而且是一个独特的生命个体，并且能明确地意识到这一点，也就是说，你是一个自我。

第三，和宇宙万物不同，人是精神性的存在，你还是一个灵魂。

外在的力量，诸如权力、财富、名气、地位，也许可以让你活得风光。内在的力量，才教人流连在生命的意义里饱满丰盈。但，必须把内外区分清楚，否则就是本末倒置。

最先，是生命的觉醒。

我们，终归是一个生命。却很快被忘掉。

通常忽略内在的恢宏力量，更多去追求外在那些形式上的满足。既然在社会上生活，有些外在的追求就不可避免，也无可非议。

只是，需要懂得透过这些追求去发现自然的生命，牢记你就是一个生命，经常去聆听它的声音，去满足它的需求，这是本质上的需要。

自然的生活，和谐相处，健康安全，也包括爱情、亲情等自然情感的满足。

这些需要，平凡而永恒。

之后，是自我的觉醒。

你是不可复制、独一无二的，你得对生命负责，去实现你的生命价值，真正成为你自己。

这也是你最基本的责任，谁也无法来代替你去履行。

你是自己的主人。就必须有你自己独有的信念，做人有原则，生活有热力，不在俗世中随波逐流。

你只有一次人生，不应有虚度与颓废。如果不珍惜，谁替你活？

最后，就是灵魂的觉醒。

灵魂的觉醒，有两个途径：一是信仰，二是智慧。

灵魂的觉醒，由原先对外追求转向向内追求，重视精神生活，这是境界不同。

生活的重心转向追求生命的境界。无论福祸，得失，贫富，把这一人生过程视为灵魂的一种修炼。

通过做事来做人，每一步都在通往精神目标的道路上。

还有，你得具有超脱豁达的心态，灵魂与外在的种种遭遇保持距离，精神不受俗世间外在的牵扯，不受大起大落的情绪的支配。

唯有如此，才不会沉湎在肉体之上，也不会沦陷在生活的痛苦里悲凄。

这是一种从肉体转向精神与灵魂的超越，是人生的立足点。

是什么支撑起这个美轮美奂的生命呢？正是——信仰与智慧。唯独它才使得人有性命也有使命地生活。

生命觉醒，得以单纯快乐；自我觉醒，得以实现你之为你的价值；灵魂觉醒，得到信仰、智慧，得以归真。

人生苦短，何不觉醒？

1. 请概括出本文的中心论点。
2. 文章的中心论点是怎样提出来的？请写出论证思路。
3. 读第五自然段，说说运用了哪种论证方法？有何作用？
4. 文中哪段话阐述了觉醒的作用？请找出来。
5. 说说结尾句有何特点和作用？

参考答案：

1. 中心论点：人生苦短，应该早日觉醒。

2. 文章首先提出论题觉醒以及它的分类，然后引用了周国平的话，提出"人生有三个基本的觉醒：生命觉醒、自我觉醒、灵魂觉醒"的分论点及各自的含义。接着分别论述了三种觉醒的内涵和作用，最后归结出本文的中心论点。

3. 道理论证，文章引用周国平的话，提出了觉醒的三个基本分类，引出下文对三种觉醒含义的阐述，充分有力地证明文章的中心论点，增强文章的说服力。

4. 生命觉醒，得以单纯快乐；自我觉醒，得以实现你之为你的价值；灵魂觉醒，得到信仰、智慧，得以归真。

5. 结尾用反问句有力地收束全文，归纳出本文的中心论点：人生苦短，应该早日觉醒。结构上总结全文，点题，首尾呼应。

与茶栖

静谧的夜，唯独与茶相栖见魂见心。

生命的对话，通常需要懂得的人。茶，在几番舒展间，人，在几经拿放间，就是一次又一次淋漓尽致的对话。

如果，对话相对不入心，很遗憾的是生命未足够觉醒。不觉醒的生命，别去指望另外的生命能懂你。

曾经，我太过于迷醉通宵达旦与茶深守。大抵，就是把生命寄托于茶，赋予通透。不仅仅是如此，我更认为，茶的韵美与清净，对我是另一番洗礼。

悄与茶栖，才不至于亵渎生命的魂魄。这时，天地间氤氲着茶的气，拂拭一切尘嚣。幽香浮动，教人敛声屏气，细嗅那一股流转不息的韵味。

那是，遇见生命的另一个自己，还有入定的心，圆寂的魂。

用简单的方式相对，在拿起放下间不简单地对酌对话。也只有与茶，能足够纯粹地相守相知。

纯粹的开始，是秉承自然而为，是建立在不为中自然而成。

没有物欲的诱惑与喧嚣的尘浪，精神与茶性本质的内在共鸣是人与茶结缘的因缘。因而，形成了生命里的对应。

生命的对应，总有非同寻常的相对呼应。一杯茶，让生命从此更加清冽通透。怎么不让人如斯地与之相栖。

心身的得到，从来不拘形迹。茶，不需要标榜，即在唇齿之间丝丝入扣。恰如，丝丝入扣的另一个人，惺惺相惜，悄无声息就撼动灵魂的深处。

这白昼与黑夜，有茶在，就见生命的本质。茶，能让人归真，使人神魂也颠倒，分不清是茶是人，看不懂是人是茶，融会贯通中交集着共予心魂牵绕。

静对一盏茶，如果是不屑的心，本身就极度可憎，也只能说生命未足够觉醒。因此，人不自知，自当寥落，怎不哀转久绝，异常凄凉。

不自知，谁与相栖居？

更别说与茶栖，她是高于一切语言的表达方式，无声胜有声，既是一种无形的语言，也只能用心神来意会，以体觉来领悟。

"惟兹初成，沫沉华浮，焕如积雪，晔若春敷"，嫩芽冲泡，另物沉而精华升，其形灿若冬雪，其色如春野烂漫，多么美好的诗句，这也是魏晋名士杜育在《茗赋》中将茶赋予了灵动的生命，视为了绝美的艺术享受，道出了万千品茶人的心声。

这夜，我又与高马二溪黑茶相栖。知心的她，一如既往平平仄仄迭香，散放万千入心的话，通常让人回味无穷。

任何生活的不惑，皆在这盏杯里豁然释怀。每每相对，我必然庄重相待。其实，就是为了遇见自己，来一番彻彻底底的亲见生命。

曾几何时，我竟喜欢这一味？

仅仅是一味，平复先前品尽万千盏茶敛裾而去，这一味与众不同，她留下优雅的韵美，我却停下四方寻觅的脚步，从此往后与这一味来隽永。

与茶，诗意相栖居。

不舍得太匆匆，劈柴生火坭陶煮茶，在细细长长里神往神交，放入唇舌尖上润绕，把伫立在荒山野集于天地的琼浆玉液抵达到肺腑之处长存。

千百年来，多少茶人历尽艰辛与阻挠，醉生梦死只为求这一叶，就为这一味。那不是茶，而是自己生命的味道啊。

最好的味，饱蕴着沧桑的情怀，经得起岁月的敲打。有故事的人，最拨人心弦的往往是在曲折里辗转千百回，最后在苦苦寻觅中相遇，演绎了一场刻骨铭心的千古绝唱，听罢催人泪下。

这一味，能与之相栖居，直至天荒地老时。恰同，高马二溪茶魂在荒野里与山谷对话，爱意浓然，天地长存。

我，愿意是这一座山谷，与茶栖居在天地之间彼此深守。

圆通禅舍主人邱老说，如若人茶合一，心就归真。即可与禅印和，洗心见性，意蕴绵长……

之所以喜茶，就是喜它自带的那份浑然天成的灵性，它揽灵秀山水日月之精魂，其中尽藏世事红尘百味，让人透见本质亲见自己，在不惊不扰间就已垢净明存。

与茶，相栖居。看尽浮华万千，品味人生百态，饮入一世清欢。

10

1. 谈谈标题"与茶栖"的含义和作用？

2. 结合全文，说说作者喜茶的原因。（用原文回答）

3. 从修辞角度赏析文中划横线的句子。

4. 读结尾句，说说表达了作者怎样的处世情怀？结构上有何作用？

参考答案：

1. 标题"与茶栖"表面是指"与茶相伴，与茶深守"，实际暗指茶人合一的最高境界，表达作者淡泊高雅的人生情怀。标题是贯穿全文的一条线索。

2. 喜它自带的那份浑然天成的灵性，它揽灵秀山水日月之精魂，其中尽藏世事红尘百味，让人透见本质亲见自己，在不惊不扰间就已垢净明存。

3. 比喻，作者把自己比成一座山谷，生动形象地写出作者喜欢与茶相守、相知的忘我情怀，表达了对茶的喜爱和赞美。

4. 结尾句表达作者看尽浮华、品尽人生百态后的淡泊和超然物外的情怀。结构上点题，照应开头，深化文章中心。

心若素简，方归自然

素履之往，其心朗朗，乾坤无极。

看惯了尘世红紫，看懂了尘嚣狂乱，看透了功利倾轧，不慕艳丽，不沾尘灰，不求物喜。把心，放逐到田野花香处，宁静则致远。

素简的人，不被枝枝叶叶所阻挠，不为悲悲凄凄所侵吞。

回归，真我。心，就素简。

素简的心。

卧在大自然里，恰似一脉好山河，山峦逶迤，峰回路转，左拥右抱，风不散水不失。就在杯中，无论怎么流转都承载着大好山河的灵气，环绕于心从不缺失，常往如此。

那是什么？

是风生水起，是风水，是宝地。

守得住素简的心，就拥有自己的风水宝地。

走到云深处，淡看舒展。

心无痕，风亦无痕；人无迹，不为谁牵扯。

茶罢，起身离去。只留下那一道让人欣赏不已的风景。

素简的心，就是仙风道骨，清心寡欲。不是不食人间烟火，是行在人间烟火里不贪念，是走在错综复杂的道路上不迷失。

素简的人啊，简单到极致，起身就是大美。不需要表面的粉妆玉砌，那是，心间已潜藏着烂然的琼楼玉宇呀！

素简，悄然中就引人入胜。

素简的人，隔着悠悠的时空，一瞧去都是那么的耐看。那人，从头到脚都是那么的舒雅。

这就是气场。不需要声张作势的磅礴场面；素简，可以抵得过万千声色的攒动。

看似平淡无奇，而却蕴含了至圣的高雅，它是已归隐了静雅。

没有酒一样疯狂、豪爽、勇猛，没有花一样清香四溢、妖娆，更没有咖啡一样有小资情调、浪漫、优雅。

素简，却蕴藏着丝丝缕缕，点点滴滴远离红尘俗事的隐逸。它的静雅，其实就是骨子里有一股隽永的淡然。

岁月的沉积，悠悠而居之避喧嚣，简约的生活而又意象丰富；又由于心平而气静，寡淡立命，心间疏朗，意象之间洋溢着从容淡定之风。

所有的生活都是清与静、淡与雅、朴与真，这些品质植入骨髓又能融于现实生活，使得整个人生的高度涵深而品位高。

远古时期，淡与雅的韵味深长，早已给圣智者悟得入木三分，与心魂相吸。

平淡如水，不尚虚华，因此居之闲淡雅适，因为如此一来才生有清气，也因为清气而有静气、雅气、神气和逸气。

这种简雅，唯有在寡淡之中才显现得出它的高贵，也只垂青于真正在素简与淡然中行走的人。

心若素简，清风徐来，方归自然。

心若素简，＿＿＿＿，＿＿＿＿。

洗尽铅华，依然惊美，唯独素简。

1. 请找出文章的中心论点。

2. 文中划横线的句子，运用了什么论证方法？有何作用？

3. 文中画波浪线的两段话，运用了什么论证方法？有何作用？

4. 读结尾三段，根据上下文，仿写一句意思相关的话。

5. 生活中怎样做才能做到素简的境界？（用原文回答）古代也有具备这种心境的人，你能举出一个例子吗？

参考答案：

1．标题即是文章的中心论点。

2．比喻论证，作者把"素简的心"比作"风水宝地"，生动形象地阐述素简在作者心中的重要地位和价值，从而证明了本文的观点，使论证更浅显易懂。

3．对比论证，先从反面阐述了"素简"的排他性，即远离美酒、鲜花和咖啡等红尘俗世的静雅和淡然。再从正面论述"素简"的隐逸和淡然。通过对比，突出证明了文章的中心论点。

4．心若素简，天地俱净，日月增辉。（答案不唯一）

5．所有的生活都是清与静、淡与雅、朴与真，这些品质植入骨髓又能融于现实生活，使得整个人生的高度涵深而品位高。

例如：陶渊明归隐田园的事例。（不唯一）

欣　赏

欣赏的艺术在于发现并领略其中的善美。

欣赏是以超功利为前提，实则就是一种审美。

懂得欣赏的人，心灵总会阳光与明媚；不懂欣赏的人，心灵阴沉与暗淡。培根说："欣赏者心中有朝霞、露珠和常年盛开的花朵；漠视有冰结心城，四海枯竭，丛山荒芜。"

生活中多一些欣赏，世界因此而充满爱。

欣赏大自然的阳光雨露，山川大河，草木虫鱼的美；欣赏人类的自强不息与不懈进步的美。

人与人之间相处，与其一味指责与挑短，倒不如去欣赏他的长处和优点。试想，对一个人评头论足怨恨连天能得到什么价值？而相反，懂得去欣赏一个人的长处和优点，从中参照善美，扬长避短，完美自我。欣赏是一种善良。

欣赏与嫉恨相悖，与羡慕并行；欣赏与狭隘相克，与理解共进。不懂欣赏，等于自闭，不利己亦不利人，这样势必不会发现身边事物的美，往往活在一个狭小的世界里，那是一种孤芳自赏的悲哀。

赏花、赏月、赏万象，欣欣然乘物以游心，这便是在欣赏中得到心灵的漫游与洒脱。

小草虽无芬芳之香，但可以欣赏它生命内质的坚韧与不争；劲松虽无茂盛之躯，但可以欣赏它的笔直与不阿；山川虽错落不齐，但可以欣赏它的静气与包容；大海虽咆哮不宁，但可以欣赏它的高远与深邃……欣赏从某种意义上说就是一种莫大的"得"。

世间百态，欣欣向荣亦是一种生态。不会审美有如美善不分。

愤世嫉俗的人不会欣赏，因为他们的世界里只有不满和不公。患得患失的人不会欣赏，因为他们的扭曲惊慌生存中只有落寞与惧怕。故步自封的人不会欣赏，因为他们的观念中只有懒散与安逸。学会欣赏的人就会懂得在理解与信任中淡然与进取。

诚然，欣赏是一种给予，一种馨香，一种信赖与祝福。

这便是人性的美，而这种美往往在投放散发时能聚集吸引与信任。

万象予赏心观之，得赏者欲与报之。

1．请找出文章的中心论点。

2．文章的中心论点是如何提出来的？请写出论证思路。

3．第三段划横线的句子，运用了哪种论证方法？有何作用？

4．第九段画波浪线的句子，运用了哪种论证方法？有何作用？

5．请写出一句"欣赏"的相关名言，并说说你在现实中是如何欣赏别人的。

参考答案：

1．生活中多一些欣赏，世界因此而充满爱。

2．文章首先解释欣赏的含义，实则就是一种审美，发现真美的过程。然后从正反两方面论述懂得欣赏和不懂得欣赏的人心灵的不同，接着引用培根的话加以证明，从而提出本文的中心论点。

3．对比论证、道理论证。作者从正反两方面论述懂得欣赏和不懂得欣赏的人心灵的不同，通过对比和引用培根的名言，突出论证了本文的中心论点，使论证更有说服力。

4．举例论证。通过列举欣赏小草、劲松、山川、大海优点的事例，具体有力地证明了"欣赏从某种意义上说就是一种莫大的'得'"的分论点，进而证明了本文的中心论点。

5．例如："生活不是缺少美，而是缺少发现美的眼睛。"（不唯一）结合现实，围绕欣赏他人来谈，语句通顺即可。

低姿态

　　谦和，不张扬；内敛，不锋芒。为人处事中拥有此心态者为大智者。

　　亚里士多德说："高标准的目标和低姿态的言行的和谐统一，是造就厚重而辉煌人生的必备条件。"

　　头昂太高，目中无人，终会撞个头破血流。相反，低姿态则是一种有分寸的谦让，是一种宽容大气的表现，是一种和谐相处的行为。

　　在人生得意时，就按不住自己的独尊气势，这样的气势就是傲气。一个人可以有傲骨，不能有傲气。有傲气往往就会高姿态地审世度人，把自己的位置放在巅峰之上，而把他人视为低谷草芥。这表现为独断、傲慢、骄横。这样的姿态行世难免会成为众矢之的。

　　而那些总喜欢用高压态势对付别人的人，可使平庸者敢怒不敢言，使中庸者口服心不服，使大智者避而远之，倘若遇上更强硬者会斗个你死我活，两败俱伤。

　　譬如，一个神奇的包罗万象的山洞，要领略其中的千异百样奇石，低姿态进入相等高度的入口，便可纵观全景。高姿态势必碰壁，那只能在奇洞之外惨呼。

　　美国赫赫有名的政治家富兰克林，在青年时期，有一次去拜访一位老前辈，年轻气盛的他昂首挺胸迈着阔步走进老前辈的家门，却被门框撞了头，痛得他一面用手捂着头，一面不解地看着比他身子矮了一截的门。老前辈出来迎接他时，看到富兰克林这副样子，关切地说："很痛吧？可是，这将是你今天访问我的最大收获。一个人要想平安无事地活在世上，就必须时刻记住：该低头时就低头。这也是我想要教你的事情。"富兰克林把这次拜访得到的教益看成是自己一生中最大的收获，且把它当作自己一生的生活准则之一，受益匪浅。因此，他后来成为功勋卓著的一代伟人。他在一次谈话中深有感触地说："这一启发的确帮了我的大忙。"言外之意就是说，做事情不能总是昂着自己高贵的头颅，该低头时还是要低，否则就会被碰个头破血流。富兰克林的故事耐人寻味。

低姿态，不是失去做人的原则对他人低声下气、奉承谄媚，是在人前不争风头、好高逞能，适当的低调是成就自己人生的大智慧。

如果当年韩信不经胯下之辱，就不会有挂帅统领千军万马。刘备不三顾茅庐、礼贤下士就不会成就鼎足大业。勾践若只想当年风光，全无卧薪尝胆、做牛做马的低姿态，又岂能灭夫差，平吴国，成霸业？低姿态不是妄自菲薄，而是意味着求全、谦逊。

"识时务者为俊杰"。能屈能伸是大丈夫的风范。适时地不失自尊低一下头颅，看低自己是对人的真实本性的理解和把握，是对人性的和历史的继承和超越。看低自己，能够宽容他人的缺陷和过错，能够看到世界上更多的精彩；能够成就自己的操守，使自己闪烁出灵魂的美丽。只有看低自己，并不断否定自己的人，才能够不断地汲取教训，加强修炼，净化灵魂，提升品质，才会为别人的成功而欣喜，为自己的善解人意而高兴，使自己在和谐的心态中生活。

放低姿态，看低自己，不是鄙视自己，压抑自己，而是更加清醒地认识自己。不是自卑，也不是怯弱，而是清醒中的一种经营。

低姿态不仅是一种做人风度，还是人生的一种高品位的精神享受，更是一种韬光养晦的策略。

1．请找出本文的中心论点，并说说是如何提出来的。

2．阅读第六段，说说运用了哪种论证方法？有何作用？

3．阅读第七段，说说运用了哪种论证方法？有何作用？

4．阅读第八段和是十一段，说说这两段在论述上有何特点？起什么作用？

5．请写出第八到第十二段的论证思路。

参考答案：

1．中心论点是：高标准的目标和低姿态的言行的和谐统一，是造就厚重而辉煌人生的必备条件。是在阐释低姿态的特点后，借用亚里士多德的名言提出来的。

2．比喻论证。作者把社会比作"包罗万象的山洞"，生动形象地证明了"要想领略其中的千异百样的奇石或纵观全景"，就必须放低姿态的观点，从而把深奥的道理阐述地更形象，浅显易懂。

3．举例论证，列举了美国政治家富兰克林去拜访老前辈被门撞头的事例，具体有力地证明了"该低头时就低头"的分论点，进而证明本文的中心论点，使论证更充分有力。

4．八和十一段属于补充论证，从另一个角度阐述低姿态不是失去做人的原则、对他人低声下气、奉承谄媚，也不是看低自己、鄙视自己、压抑自己。从而使论述更全面，更有说服力。

5. 首先提出"适当的低调是成就自己人生的大智慧"的分论点，然后列举了韩信、刘备、勾践因低姿态而成就大业的事例，有力地证明了分论点，接着围绕如何正确地"看低自己"展开了论述，最后在补充论述后得出结论。

无声姿态

大音希声，大象无形。

古今学者对于"大音希声"的理解，大致有五种：

一是认为这是说最大的声音是没有声音的；

二是认为这是说最大的声音听来反而是稀疏的；

三是认为"希声"即"无声"，是在酝酿"大音"；

四是认为"大音希声"乃天乐，是不能用耳朵去听的，要去感悟那永恒和谐的庞大"天乐"；

五是认为"大音"即合道之音，主要是指对声音情感的超越。

世间最大最美的声音乃是无声之音，即达到极致的东西是不可捉摸的。概括来说，就是无形最有形。

所谓的无声，它本质上蕴涵着静定，却从未声张它的力量。从某种意义上来说，是一种登峰造极的境界。这种境界就是内敛与低调的结合体。

无声胜似有声，最大的作为是你不容易去察觉的，当你在一片传说中知道了某些事的存在，那也不见得是大作为了。

真正的大作为，从来都是在瞬间让人哗然惊愕，在无声的酝酿中恢宏。

大自然的无声有形俯拾皆是。

山无声，默默容纳苍生，从不张扬；水无声，静静归应使命，成就浩瀚大海，从不自鸣；地无声，暗暗承载万物，从不自势。真正大气磅礴之物，在自然中有不为人知又能运筹帷幄的大作为，从不会哗众取宠地造势做作。

即便是自然界的湖泊、山川、树林、日月、星云、天地等，也是在无声中与万物融为一体，融通一致。她们的大作为大付出从不表白，不声张，不需要礼赞，不需要宣扬。她们无言，她们静寂，包涵着深邃、静定、泰然。

无声中富有大爱无私，培育着自然生物的盎然生机；让我们闭上眼睛用心灵去感受，去聆听，去亲近。你能听到她们在唱歌吗？轻歌悠扬，曼妙绝美，如痴如醉，音传万里……

无声中的大爱，是藏在细枝末节中，如锦囊珍宝，不是露得清光，显得唯恐他人不识得一般。大爱是藏在深处，自始至终，无怨无悔，不离不弃。

无声，才真正是大辩若讷，大智若愚。直抒胸臆当然也是一种表达方式，但太过于轰轰烈烈的言行，从不见得有多稳妥。纵观天下古今英雄，几人不是潜伏在无声中披肝沥胆、励精图治后方能声名鹊起？

无声表态更多时候闪烁着智慧的光芒。有些事，不是不懂，是不需要道破，留人一处台阶，不愿有五官扭曲的唾沫横飞，而是在无声中包容。无声深思也是在精心酝酿，无声之后淋漓尽致

21

表现出令人折服的作为，无声之后又把一件又一件的事铸烁得尽善尽美。

佛曰，不可说。不可说，不用说。无声，胜有声。不必说，不应说。

无声的示态，让人看不透深度，也摸不着套路。但绝不是世俗眼中的故作深沉，故弄玄虚；华而不实、好大喜功的人往往沉不住气。因此，无声大多时候是潜伏着谋略与胆识。

无声，胜雄辩。巧舌如簧，振振有词，有时更加苍白无力。不说，不是不懂；不解释，不是不想澄清。而是在适当的情形中无声，才是最有效的回击与说服。

无声，胜鲁莽。惊天动地、阵势汹涌的作为，有时更显得虚张声势，不堪一击；无声，不是毫无动作，是不露声色也能达到无所不为的境界。

无声，胜喧夺。不形于色，不表于言需要城府，浮躁不会是深思熟虑的人，待众人纷争不息时，"螳螂捕蝉，黄雀在后"，不是不敢为天下先，而是为了更善美的平复。

无声，最具有穿透力。水滴，恰好去形容无声之力大无穷。磐石之固，滴水之力，微乎之微，甚无声威，却能穿凿其坚，滴水而已，却胜有声之势。

无声才具有无可敌对的隐力。不必多说，不必解释。无声行走，含笑处世，就是最有态度的生活。

1. 请找出本文的中心论点，并说说是如何提出来的。

2. 读第十二到十四段，说说运用了哪种论证方法？有何作用？

3．第十六段划线句运用了哪种论证方法？有何作用？

4．第十七段画波浪线句：“纵观天下古今英雄，几人不是潜伏在无声中披肝沥胆，励精图治后方能声名鹊起？”请你根据此句，举出两个你所知道的事例。

5．第二十段的论述有何特点？作用是什么？

参考答案：

1．世间最大最美的声音乃是无声之音，即达到极致的东西是不可捉摸的。概括来说，就是无形最有形。

由“大音希声，大象无形”的现象，引出古今学者对于“大音希声”的五种理解，之后提出文章的中心论点。

2．举例论证，列举了自然界中的“山、水、湖泊等”自然现象，有力地证明了“大自然的无声有形俯拾皆是”的分论点，进而证明了文章的中心论点。

3．比喻论证，把“无声中的大爱”比作“锦囊珍宝”，生动形象地证明了“大爱藏在深处、大爱无声”的观点，从而把深奥的道理阐述地更形象，浅显易懂。

4．韩信不经胯下之辱，就不会有挂帅统领千军万马。刘备不三顾茅庐、礼贤下士，就不会成就鼎足大业。勾践若无卧薪尝胆、做牛做马的低姿态，又岂能灭夫差，平吴国成霸业。（答案不唯一）

5．补充论证。从另一个角度阐述“无声绝不是世俗眼中的故作深沉，卖弄玄虚”，从而使论证更全面严密、更真实、更透彻。

低调，怀藏乾坤

低调，乍一听这两个字，是如此地浑厚与深远。

通常，人们禁不住细细去打量，揣摩着低调背后的那一份厚重。

低调，是隐于山野，深居简出；是素履以往，不染风尘。是处在常人之中，却行走在常人之上的生活。

这世间，存在两种人的姿态：

人在低处，心在高处；

人在高处，心在低处。

前者，行进于平凡，却用谦和来盛装生活，心却别在巅峰之上。而后者，恰恰相反，更多喜好于高处俯视常人，心的质地却是空洞与张扬。

低调，是有态度地生活。

它与张扬跋扈背道而驰，却又不是逐风随流。他是一种谦恭的态度，一种内敛的智慧，一种熟视岁月如流的淡然。

尘世里的风霜，漫天飞舞，席卷而过。凛冽在狂飙，风暴在呼啸。而路上，只有俯首低调的人，无悔地行进，谦恭地行走。

路上，始终如一保持着低调。这一路上，仅仅是能俯首的人在无声中进取。结果，胜得风雨，耐得高寒，抵得霜露。也只因为，低调在高处，承载得了天地间的厚重。

低调，是诗意地前行。

人生的脚步，不进则退。

然而，更多人身居于高处，不胜高寒，便早早仓皇而退，戛然而止。哪能与一向低调的人相较呢？

"地不畏其低，方能聚水成海；人不畏其低，方能孚众成王。"世间万事万物皆起之于低，成之于低。

低调，正是一种"终成其高，必成其大"的哲学。

放眼望去，尘世间里的各色人等匆匆忙忙。唯有那低调的人，深一脚浅一脚，一直匍匐在前行的路上。

只有，足够厚重，才能让一个人走到巅峰之后顺应着召唤，用最不显眼的方式简装行走。实际上，低调的人用极度饱满的内心轰动了整个旅途，在常人眼里不见端倪，他在无声中礼待了过程中的自己与每一位路人。

他是陌上归人，走在无人的空谷里，仅仅是听到寂静之声。他所见的山庄，河泊，木林，花草，他谦恭礼待，不曾惊动。

走在自然里，只有一种姿态。这种姿态，却是看似简单又极为崇高的谦卑。

低调，是有辽阔的谦怀。

圣贤有云：木秀于林，风必摧之；堆出于岸，流必湍之；行高于人，众必非之。低调的人，不会在人前哗众取宠，更不会去争风吃醋，不会在众生前惺惺作态，虚情假意。

低调，不会无端端生有非议飞流，不会陷入红尘的漩涡里头扑腾。因此，身在凡间，活在高处。

低调的内心，祥云瑞气，云淡风轻。不见一丝丝浮夸之气，不会有一点点跋扈之行。他那一颗敛收的心，盛装着的都是与世平视，摄入眼眸里的都是高于他的地位。因此，低调的人从不会高仰头颅，更多的是低眉颔首。

低调的人，是有足够辽阔的胸怀。这样的胸怀，就像是高居在古老建筑中的斗拱，星移斗转间承载着天地与风雨，从未改变它的姿态。即使不那么明显，却是整个建筑组构的魂魄。它，不论岁月更替，不畏朝代转变，它若在，就能宠辱不惊，屹立不倒。

低调，是有至高的修行。

最耐读的事物，永远是饱满着沧桑与见识。宛如，在岁月里浑然形成一炷沉香，暗含着天地间的精气，那是，沉屑浮香，敛尽精华，吐露醇香。

低调，是一种透骨的香，能蔓过静谧幽寂的街巷，行过满眼风霜的景物，能穿过一个个恬淡宁静的夜和万千岁月，能在旧事、离愁、残梦、迷楼以及万里山河中解读世俗。

他不屑过往云烟，解读世事人情，细察众生万物。

无论在哪种场合，低调的人看似不起眼，当你细细观察，气场不同寻常的正是那个看似不善谈笑，拘于言行的人。

低调，是怀藏乾坤。

我曾拜访过一位耄耋之年的老师。

年过八十有余，深居于郊外。德高望重，誉满天下。一进屋，那书香之气，袭面而来。谈吐间，那谦和之态，低得不能再低。

整个谈话间，极为祥和，谦恭。由不得不肃然起敬。

告辞时，他送我到门外，挥手告别。

当我走出百米以外，回头一望，他的手还在不停地挥别。他大概是直到视线模糊了双眼，见不到我背影后才停止挥手吧。

至今，每每想起，我的心，仍然为之一震。

真正的高人啊，低调里藏有乾坤，光华闪动。

1. 文章的中心论点是什么?

2. 请你写出本文的论证思路。

3. 读第二十二段划横线的句子,说说运用了哪种论证方法?有何作用?

4. 读第三十一到三十七段,说说运用了哪种论证方法?有何作用?

5. 读第二十七段,说说运用了哪种论证方法?有何作用?

参考答案:

1. 低调,是怀藏乾坤。(或者标题)

2. 文章首先阐述什么是低调及世间两种人的生活姿态,然后从五个方面——"低调,是有态度地生活;低调,是诗意地前行;正是一种'终成其高,必成其大'的哲学;低调,是有辽阔的谦怀;低调,是有至高的修行"分别阐述了低调的内涵,接着归纳出本文的中心论点"低调,是怀藏乾坤",最后又列举拜访的老师来补充证明中心论点。

3. 道理论证(引证),引用圣贤的话,有力证明"低调,是有辽阔的谦怀"的分论点,进而证明了文章的中心论点,使文章更有说服力。

4. 举例论证,列举了去拜访一位耄耋之年老师的事例,老师祥和谦卑的态度令我肃然起敬。具体有力地证明了"低调,是怀藏乾坤"的中心论点。

5. 运用了比喻论证,把"低调"比作"岁月里浑然形成的一炷沉香",生动形象地证明了"低调,是有至高的修行"的观点,从而把深奥的道理阐述地更形象,更浅显易懂。

平和，修为的至高境界

修身养性以心平气和为至高境界。

平和的人，向来内心上不急不躁，不疾不徐；言行里不温不火，慢条斯理；态度里不专横野蛮，和蔼可亲。

平和，才能持正。如是平得阳阴，衡之天地，不受尘世间浊气混侵，把真净与无我都归心。随后，与自然拥抱，从容坦然应对一切事物，此乃为平和！

早已经看懂了，人生从无到有，又从有到无轮回。这就是，平和之前的岁月给的深刻，平和以后的自然馈予的归真。

从某种意义上来说，平和的人实际上拥有一种弥足珍贵的高情商。

人生最难能可贵的东西，永远最是稀缺。人们刻意去追求的东西，往往就愈是难以得到，最安全的应该是自然给予。平和的心态，不是索取而来，也不是借鉴得来。

当然了，这需要付出，付出青春的代价。这个代价，是无比沉重，无比冗长。

它是行走在岁月里，把自己翻滚过千百回的磨炼。然后，把锐利的棱角磨得足够的平整。再然后，把青春时期那些锋芒来逐一敛收。直到最后，听到，句句都耳顺，见到，样样不碍眼。

平和，可以征服一切。不懂得运用平和来行世，也独有躁狂来驾驭你，钻营你。

宇宙里衡器，尤其公平，付出的代价有多大，你得到的就有多多。而有些不属于生命的东西，若用暴戾与巧夺，模样都会变得惨白。纵然，多么虔诚，天地也不会动容。也只因，有些修为未到罢了，也或者是境界还没到达到，所以盛容不了。

平和，那是多么高的修为啊，既是内涵灵秀，蕴藏绚丽，又能顾盼生辉，步步生莲。更是一剂灵药，一方妙丹，可平复浓淡，衡定山河，量化天地。

平和的人，磁场强度不可估量，让人自然愿意去亲近。处之又让你察觉不到一丝丝的乱意躁气，那从脸上看去的神情，是佛一般的慈悲，眉目之间无声流露出大爱。无论，尘世间多繁杂喧哗，都心无旁骛，低眉敛气，定力有如泰山。那般的庄重，那般的浑厚，让人顿生踏实。

它是概括了人生的至圣。把人生的态度与处世哲学，提炼成灵魂的高度以及思想的升华，完全处于一种超然于物外的境界。

要不，怎么会有如此多的人孜孜不倦奋取呢？这应该是人生最终极的需要，生活至高的境界了。

因为历练过风雨，所以踏实持重，笃定安然。没有情绪上的大起大落，没有言语中的歇斯底里，没有行为上的剑拔弩张。它是为人的需要！

因为看透人生得失，所以淡泊明志，宁静致远。面对功名利禄坦然应对，不以物喜，不以名累；不蝇营狗苟，追风逐利；不刻意追求享乐生活，远离世俗名利的纷扰。它是立身的需要！

也只因，安之若素的心方能遇事不乱，泰然处之。行到山穷水尽处，坐看风起云卷时，没有大惊失措、痛苦悲观，不会望而却步、闻风披靡。它是处世的需要！

平和的人，其襟怀的广博，可容天地间万物。坦荡，自然就胸无宿物。忍天下难忍之气，容世间难容之人，纳尽一切不如意之事。对误会、诽谤、打击一笑置之，不以为意，对蛮横、权贵、粗野，不卑不亢自成铮铮的风骨。它是接物的需要！

宁静的生活，安详的心境，不会再有风声鹤唳的惊慌失措，流水的从容，烟云的舒展，都是不迫与自如。

平心静气，和光同尘。平和，不是庸俗者所认为的消极遁世，随波逐流，也不是独居一隅的懦夫、弱者；而是，自古以来多少人所致力追求的心安。为此，有的独僻山间，隐于林丛，遁入无迹野外，只为避开尘世万千的喧腾，寻找一方静地，如闲云似野鹤一般悠然。

《心安吟》："心安身自安，身安室自宽。心与身俱安，何事能相干。谁谓一身小，其安若泰山。谁谓一室小，宽如天地间。"

生活中，太多人为名所累，被利所伤，原来那美好的生活却被私心杂念、名缰利锁扭曲丑化了原色，拖累了自己人生的步伐，陷入了纷争、钻营的俗世怪圈之中，这无疑是自讨苦吃，自取灭亡！这是因为没有平和作为支撑的底气。

"宠辱不惊，闲看庭前花开花落；去留无意，漫随天外云卷云舒。"平和，它不惊不惧立于万变世间而表现出非凡的镇定自若，而往往正是这种心态能静观其变，然后，洞察百态，做出令人哗然、敬佩的壮举。

平和者，从不渴望那种娇艳鲜花的簇拥，不奢求掌声雷动的鸣响，它追求的不是短暂的绚丽，而是一种永恒的美。这种美不是扭曲的包装，而是自然集结天地间的浩荡之气，流转着馥香，极好地呵护内心妙和，浑然成禅定。

大凡平和者，则会展现出生命的本色，彰显出人格的魅力，投射出灵魂的高度！

平和，即平心，然静定。恰同一场最是庄重的修行，仅在无声之中，让万物肃清了起来！那还有什么不被她所收复，所持衡？

1．请你找出本文的中心论点。

2．读第十一段画波浪线的句子，说说运用了哪种论证方法？有何作用？

3．读第二十一段，引用《心安吟》，运用了哪种论证方法？有何作用？

4．读第二十二段，说说运用了什么论证方法？有何特点和作用？（反面例子）

5．请写出第二十段的论证思路。

参考答案：

1．修身养性以心平气和为至高境界。（或者标题）

2．比喻论证。把"平和"比作"良药、妙丹"，生动形象地证明了平和是多么高的修为，使论述更浅显易懂。

3．道理论证。引用《心安吟》，阐述自古以来多少人致力追求心安的原因，充分有力地证明了平和的人，其襟怀的广博，可容天地间万物的观点。

4. 举例论证。从反面列举生活中太多人为名所累、被利所伤的现象，证明那是因为没有平和所支撑的底气的观点，进而证明文章的中心论点。

5. 首先提出"平心静气、和光同尘"的观点，然后从反面指出平和不是消极遁世，随波逐流，不是懦夫、弱者，使论述更严密。接着从正面指出平和是多少人追求的心安。最后指出有人寻一方静地悠然生活的原因。